꿈을 걷는 소녀

글 백혜영

기자와 편집자로 일하다 작가가 됐습니다. 제10회 교보문고 스토리 공모전 동화 부문 우수상, 아르코문학창작기금, 대산창작기금을 받았고, 『내가 진짜 원하는 것』이 2022년 한국출판문화산업진흥원 우수출판콘텐츠에 선정됐습니다. 그동안 쓴 책으로 『우리말 모으기 대작전 말모이』, 『귀신 쫓는 비형랑』, 『외로움 반장』, 『시간을 달리다, 난설헌』, 『스으읍 스읍 잠 먹는 귀신』, 『복만희는 두렵지 않아!』, 『남몰래 거울』, 『우당탕 마을의 꿈 도둑』, 『후회의 이불킥』, 『김점분 스웩!』 등이 있습니다.

꿈을 걷는 소녀

글 백혜영

밝은미래

| 차 례 |

프롤로그

희끄무레한 어둠이 나를 감쌌다.

'여기가 어디지?'

어둠 속에 갇히자 덜컥 겁이 났다. 더 이상한 건 내 주위를 뱅글뱅글 둘러싸고 늘어선 수많은 문이었다. 달팽이 등딱지 모양을 따라 도미노를 쌓은 듯 발 앞에서 시작된 문들이 끝도 없이 이어져 있었다.

그때 가장 가까이 있던 문에서 희미하게 빛이 새어 나왔다. 알 수 없는 힘에 이끌리듯 나는 천천히 그 앞으로 다가갔다. 손잡이를 돌리자 쉽게 문이 열렸다. 갑자기 밝은 빛 속으로 걸어 들어간 탓에 눈을 제대로 뜨기 힘들었다.

그 순간, '덜컹' 하며 바닥이 흔들렸다. 절로 몸이 휘청했다. 살짝 눈을 떠 보았다. 아까보다 더 놀라운 광경이 눈 앞에 펼쳐져 있었다.

'난 단지 문을 열고 들어왔을 뿐인데…….'

어느새 사람들이 빽빽이 들어찬 버스에 타고 있었다. 문 바깥과 안쪽은 완전히 다른 세상이었다. 갑자기 뒤바뀐 환경에 어리둥절해 주위를 휘휘 둘러보았다. 넥타이를 매고, 핸드백을 어깨에 걸친 어른들이 보였다. 그 사이사이로 자주색 교복을 입은 여학생들이 눈에 띄었다. 그러다 맨 뒤에 앉아 창밖을 보는 한 여학생에게 눈길이 꽂혔다.

'헉.'

나도 모르게 숨을 삼켰다. 눈을 비비고 다시 여학생의 얼굴을 찬찬히 살펴보았다. 옆으로 살짝 얼굴을 돌리고 있었지만, 한눈에 봐도 나랑 무척 닮았다는 걸 알 수 있었다. 마치 거울을 보는 듯했으니까. 피가 섞인 자매라고는 은별이 하나뿐인데.

'설마 도플갱어……?'

사람들 틈에 끼어 한 발짝 떼기도 힘들었지만, 그 여학생에게 조금 더 가까이 다가가 보고 싶었다. 낑낑거리며 힘겹게 발걸음을 옮긴 순간,

끼이이이이익!

버스가 날카로운 소리를 내지르며 갑자기 멈추어 섰다. 사람들과 함께 몸이 앞으로 휙 쏠렸다.

"꺅."

내 입에서 절로 비명이 튀어나왔다. 사방에서 울리는 빵빵거리는 소리에 정신마저 멍멍했다.

'대체 무슨 일이 벌어진 거지?'

얼른 정신을 차리고 주위를 살피는데, 눈앞이 점점 희뿌예졌다. 눈을 빠르게 깜빡거려 보았지만, 옆에 있던 사람들마저 하나둘 희미하게 사라져 갔다……

불편한 동거

새별이가 눈을 번쩍 떴다. 노란색 나비가 그려져 있는 천장이 눈에 들어왔다.

'후유, 꿈이구나.'

꿈이 얼마나 생생했는지 아직도 낯선 버스 안에 서 있는 기분이 들었다. 등허리에는 식은땀이 흘러 있었다.

벌써 세 번째다. 요 며칠 사이 세 번씩이나 같은 꿈을 꿨다. 더 이해할 수 없는 건 깨고 나면 늘 알 수 없는 슬픔이 밀려온다는 것. 자꾸만 같은 꿈을 꾸는 이유도, 이상하게 마음이 아리는 이유도 알지 못해 괜스레 가슴이 답답했다.

축축한 기분과 달리 창밖에서는 따스한 햇살이 쏟아져 들어오고 있었다. 그 순간 불길함이 발끝을 타고 스멀스멀 밀려왔다. 벌떡 일어나 스마트폰을 확인했다. 이내 꺅 비명이 터져 나왔다.

"망했다!"

새별이는 곧장 자리를 박차고 일어나 헐레벌떡 거실로 나갔다. 엄마도 이제 막 잠에서 깼는지 문을 열고 나왔다. 엄마 얼굴에도 당황한 기색이 엿보였다.

'엄마까지 늦잠을 잘 게 뭐람.'

하필 오늘 늦잠을 잔 엄마가 원망스러웠다. 그래서 눈도 제대로 맞추지 않은 채 화장실로 휙 들어와 버렸다. 뭐, 평소에도 다정하게 인사를 건네는 모녀 사이는 아니지만.

"지각하는 거 아니야?"

세수와 양치질만 재빨리 하고 나오는 새별이를 보고 엄마가 물었다.

"아, 몰라."

새별이는 퉁명스레 말을 뱉고는 방으로 들어와 서둘러 교복을 주워 입었다.

"아라한테 늦는다고 연락은 했니?"

엄마가 방까지 따라 들어오며 물었다.

"아라 혼자 계속 기다리고 있을 거 아냐."

엄마도 출근 준비로 바쁠 텐데 오늘따라 자꾸 귀찮게 말을 걸어왔다. 가만 보니 학교에 지각하게 생긴 딸보다 아라를 더 걱정하는 것 같다. 아라는 새별이의 단짝 친구다. 늘 집 근처 사거리 편의점에서 만나 함께 학교에 간다. 그런 아라를 새별이가 설마 잊었을 리가.

"아까 연락했거든. 가뜩이나 늦었는데 왜 자꾸 말 시켜?"

저도 모르게 말이 비뚤게 나갔다. 새별이의 날 선 반응에 엄마가 조용히 방을 나갔다.

"후유."

새별이 입에서 절로 한숨이 새어 나왔다.

엄마와 한집에 사는 게 점점 불편해지고 있다. 둘이 제대로 눈을 맞추고 이야기를 나눈 게 언제였는지 기억조차 나지 않는다. 중학생이 되면서 사춘기가 시작된 탓이라고? 중이병에는 약도 없다고? 보통의 평범한 집이라면 그럴지도. 하지만 새별이네 집에는 특별한 사연이 있다.

"앗, 이러다 진짜 지각하겠다."

새별이는 재빨리 준비를 마치고 방을 나섰다. 어쩔 수 없이 은별이 방으로 눈길이 향했다. 여느 때처럼 굳게 닫힌 방문이 오늘따라 다시는 열리지 않을 것처럼 단단해 보였다.

'나만 아니었어도…….'

불쑥 떠오른 생각을 애써 밀어내려 세차게 고개를 흔들었다. 아침부터 기억하고 싶지 않은 일을 굳이 꺼내고 싶지 않았다. 괜히 기분만 우울해질 테니까. 가뜩이나 이상한 꿈과 엄마의 오지랖으로 기분이 가라앉은 참이다. 새별이는 자신을 애타게 기다리고 있을 아라를 떠올리며 서둘러 현관을 나섰다. 방에서 엄마가 드라이하는 소리가 들렸지만, 굳이 따로 인사하지는 않았다.

아파트 정문을 막 지나는데, 마용진이 자전거를 타고 옆을 쌩 스쳐 지나갔다. 고작 몇 미터 달렸을 뿐인데 새별이는 이미 숨을 헉헉대고 있었다.

"에잇, 아라한테 자전거를 배우라고 하든가 해야지."

땀 한 방울 흘리지 않고 깃털처럼 가볍게 나아가는 마용진이 오늘따라 얄밉게 보였다.

집에서 학교까지는 빠른 걸음으로 이십 분, 아라와 천천히 이야기하며 걸으면 삼십 분 정도 걸린다. 그렇게 가까운 건 아니지만, 그렇다고 먼 거리도 아니다. 게다가 새별이는 아라와 수다를 떨며 걷는 시간이 무척 즐겁다. 하지만 이런 날은 자전거를 타면 편할 것 같다는 생각도 든다.

마용진이 갑자기 핸들을 휙 꺾어 새별이에게 다가왔다. 그리고는 목구멍에 마요네즈를 잔뜩 바른 것 같은 목소리로 물었다.

"힘들면 태워 줄까?"

마용진의 필살기. 느끼 멘트가 아침부터 튀어나왔다.

"됐거든."

새별이는 단호하게 한마디 툭 뱉고 말았다.

마용진이랑은 유치원 때부터 알고 지냈다. 집도 위아래 살아 엄마들끼리도 친하다. 초등학교 때는 새별이보다 키가 작던 마용진이 중학교에 올라가더니 훌쩍 커 버렸다. 이제 새별이가 고개를 뒤로 젖혀야 겨우 눈높이가 맞을 정도다. 새별이도 제법 큰 키에 속하지만, 마용진이 크는 속도는 따라가지 못했다.

키뿐만이 아니다. 마용진은 목소리마저 갑자기 확 변해 버렸다. 그 가늘고 높던 목소리가 한도 끝도 없이 굵어지더니 이제는 지하 동굴에서 웅웅 울리는 듯한 목소리로 바뀌었다. 여기에 말투는 또 어찌나 다정하고 살가운지. 또래 남자아이들과 달리 조곤조곤 말하는 마용진이 '마요네즈'라는 별명을 얻은 건 달걀을 프라이팬에 깨뜨리면 달걀프라이가 되는 것만큼 당연한 일이었다.

"한여름도 아닌데 이마에 땀이 송골송골 맺혔네. 내 손수건이라도 빌려줄까?"

마용진이 주머니를 뒤적이다 초록색 손수건을 꺼내 새별이 눈앞에 내밀었다.

"맙소사! 너, 손수건도 가지고 다녀?"

새별이 입이 떡 벌어졌다. 마용진이 당연하다는 듯 고개를 살짝 끄덕였다.

중학교 2학년 남자아이가 손수건이라니, 도무지 어울리지 않는 조합이었다. 새별이는 아침부터 마요네즈 한 숟가락을 한입에 꿀꺽 삼킨 것처럼 속이 자꾸 느글느글해지려고 했다. 마용진이랑 더 이야기했다가는 어제 먹은 치킨이 올라올지도 모른다.

"이 누나는 신경 쓰지 말고 네 갈 길 가라."

새별이는 마용진에게 황급히 선을 그었다. 그러고는 다시 무거운 다리를 빠르게 움직였다. 마용진과 쓸데없는 이야기를 주고받느라 애먼 시간만 허비했다. 먼저 가라는 말을 어디로 들었는지 마용진은 계속 뒤를 졸졸 쫓아왔다.

'후유, 저 녀석은 아직도 유치원 때 버릇을 못 고쳤네. 키도 크고 목소리도 변했는데 왜 저건 안 바뀌는 거야.'

새별이는 마용진을 힐끔 보면서 고개를 절레절레 저었다. 이대로라면 교실까지 함께 들어갈 판이다.

초등학교 때는 딱 두 번을 빼고 같은 반을 제법 잘 피했는데, 중학교에 올라와서는 마용진이랑 무려 2년 연속 같은 반이 되고 말았다. 중학교는 고작 3년뿐. 이러다가 3학년 때까지 같은 반이 될까 봐 두려웠다. 아무리 생각해도 그건 좀 피곤할 것 같다. 가끔, 아주 가끔 새별이와 마용진 사이를 오해하는 아이들이 있어서다.

둘은 정말이지 이성으로서의 감정이 눈곱만큼도 없는데, 지금처럼 다정하게 새별이를 챙기는 마용진을 보고 오해하는 아이들이 생긴다. 특히 마용진을 남몰래 짝사랑하는 아이들이 그런 헛소문을 퍼뜨리는 것 같다. 마용진에게 차인 게 마치 새별이 탓이라는 듯. 뭐라도 핑곗거리를 찾고 싶은 마음은 이해하지만, 쓸데없는 오해를 받는 건 싫었다.

마용진을 어떻게 따돌려야 하나 고민할 때 사거리 편의

꿈을 걷는 소녀

점 앞에 서 있는 아라가 눈에 들어왔다. 거리가 조금 있었지만, 새별이는 목청껏 아라를 불렀다. 아라도 새별이를 발견하고는 생긋 웃으며 손을 번쩍 들었다. 그러다 옆에 있는 마용진을 보고 이내 어정쩡하게 손을 내렸다. 새별이는 이때다 싶어 마용진을 휙 돌아보며 말했다.

"나, 아라랑 비밀 얘기 있거든. 아라도 불편해하는 거 보이지? 먼저 좀 가 줄래?"

"그래, 그럼. 이따 교실에서 보자."

마용진이 멋쩍은 듯 뒷머리를 긁적이고는 자전거를 타고 멀어져 갔다. 간신히 혹을 떼어 냈다는 생각에 발걸음이 한결 가볍게 느껴졌다.

"미안. 오래 기다렸지?"

새별이는 아라에게 다가가 사과부터 했다.

"아니야. 늦으면 먼저 가려고 했는데, 빨리 걸으면 다행히 지각은 안 하겠다."

아라는 그렇게 말하고는 서둘러 발걸음을 옮겼다. 조금 전까지만 해도 새별이를 보며 환하게 웃었는데, 그새 표정이 조금 어두워 보였다.

'역시 내가 늦게 와서 마음이 상한 건가.'

새별이는 아라 기분도 풀어 줄 겸 슬슬 수다에 시동을 걸었다.

"나, 요즘 자꾸 이상한 꿈 꿔."

"꿈?"

"응, 더 황당한 건 뭔 줄 알아? 똑같은 꿈을 벌써 세 번째 꾸고 있다는 거. 이런 적은 진짜 머리털 나고 처음이야."

아라가 그제야 굳었던 표정을 풀었다.

"무슨 꿈인데 그래? 나는 꿈 같은 거 안 꾸는데."

"꿈을 안 꾸는 사람은 없대. 단지 기억을 못 할 뿐이지."

"그런가."

아라가 고개를 갸웃하며 물었다.

"그래서 대체 무슨 꿈을 꿨는데? 들어 보고 오늘 늦은 거 용서해 줄지 말지 결정하겠어."

아라가 장난스레 덧붙였다. 새별이는 아라 귀가 번쩍 뜨일 만한 이야기부터 꺼냈다.

"어젯밤 꿈에 내 도플갱어가 나타났어."

"뭐? 도플갱어? 너랑 똑같이 생긴 사람 말이야?"

아라가 깜짝 놀랐다. 역시나 아라의 관심을 끄는 데 성

공했다. 새별이가 씩 웃으며 말을 이었다.

"응, 머리 모양은 조금 달랐는데 얼굴이 정말 나랑 똑같더라니까. 거울 보는 줄."

아라 얼굴이 갑자기 새파랗게 질렸다.

"어떡해……. 도플갱어를 만나면 둘 중 한 명은 죽는다던데?"

아라의 진지한 표정에 새별이는 웃음이 나왔다. 순진무구한 표정이 조금 귀엽기도 했다.

"에이, 너답지 않게 무슨 그런 비과학적인 말을 믿고 그래?"

"그래도 그런 말이 괜히 있는 게 아니잖아."

"오, 우리 어여쁜 조아라 님을 두고 제가 어떻게 죽으리오!"

새별이는 뮤지컬 배우라도 된 듯 과장된 몸짓으로 말했다. 그러다 무심하게 한마디 덧붙였다.

"게다가 이건 그냥 꿈일 뿐이라고."

"하긴, 내가 생각해도 말도 안 되는 소리다."

아라가 콧등에 주름을 만들며 생긋 웃었다. 그러고는 눈을 반짝이며 물었다.

"그래서 어떻게 됐는데? 도플갱어랑 얘기는 해 봤어?"

"아니. 도플갱어랑 내가 버스를 타고 있었는데 그 버스가 갑자기 멈추는 바람에 한마디도 못 했어."

"그게 끝이야?"

"응."

"정말?"

"응."

"세 번 다?"

"응."

"뭐야, 시시해."

아라가 금세 김빠진 표정을 지었다. 그런 아라를 보고 새별이는 뭔가 생각난 듯 얼른 말을 이었다.

"맞다! 하나 이상한 게 있었어."

"도플갱어랑은 말도 못 해 봤다면서 뭐가?"

아라는 이미 관심을 잃은 듯 보였지만, 새별이는 어느새 꿈속 장면을 떠올리고 있었다.

"그게……. 뭔가 지금인 것 같지 않다고 해야 할까. 버스는 버스인데 우리가 타는 버스가 아닌 것 같고. 사람들도 눈 코 입 똑같이 있긴 한데, 우리랑은 뭔가 좀 다른 것 같고."

"그게 대체 무슨 말이야?"

"음……, 꼭 옛날 영화 속에 들어간 느낌이랄까."

"설마 너, 도플갱어에 이어 타임 슬립 했다는 말을 꺼내려는 건 아니지?"

아라 말에 새별이가 대단한 발견을 한 것처럼 손뼉을 짝 맞부딪쳤다.

"그래, 타임 슬립! 그렇구나. 내가 꿈에서 타임 슬립을 한 거구나. 어쩐지, 그럼 말이 되지. 사람들 옷이며, 머리 모양이며, 안경 같은 게 좀 촌스러워 보였거든. 난 또 요즘 레트로가 유행이니까 그런가 보다 했지."

새별이는 어젯밤 꿈에서 본 광경을 다시 찬찬히 그려 보았다. 아라 말대로 타임 슬립을 했다면 얼추 맞아떨어지는 부분이 있었다.

"그래, 꿈에서 못 할 게 뭐가 있겠니?"

아라는 새별이 말을 별로 진지하게 듣는 것 같지 않았다. 하긴 새별이가 생각해도 조금 웃겼다. 한낱 꿈에 무슨 의미가 있겠느냔 말이다. 아라가 고개를 절레절레 저으며 덧붙였다.

"너, 이제 넷플릭스 좀 그만 봐야겠다."

새별이는 뭐라 반박하려 했지만, 딱히 떠오르는 말이 없었다. 요즘 넷플릭스에 푹 빠져 지내는 건 사실이니까. 아라 말대로 영화나 드라마를 너무 많이 봐서 그런 황당한 꿈을 꾼 걸까. 새별이는 그만 꿈에서 벗어나 현실로 돌아오기로 했다. 아라와는 시시한 꿈 이야기 말고도 할 이야기가 무궁무진하게 많으니까. 마침 아라가 새로운 이야깃거리를 던졌다.

"용진이랑은 어쩌다 같이 온 거야?"

"아침에 헐레벌떡 나오는데 아파트 정문에서 딱 마주쳤지, 뭐. 후유, 이사를 가든지 해야지. 학교에서 보는 것도 지겨운데 엘리베이터에서도 수시로 마주친다니까."

"그렇구나. 둘이 진짜 인연은 인연인가 보다."

"인연은 무슨, 우연이지. 너, 마요네즈가 손수건도 갖고 다니는 거 알아?"

"손수건?"

"응, 아까 내가 뛰어오느라 땀을 좀 흘렸거든. 그랬더니 나한테 '손수건 빌려줄까?' 이러는 거 있지."

새별이는 최대한 목소리를 깔며 마용진 흉내를 냈다.

"그래서? 용진이 손수건 썼어?"

새별이가 펄쩍 뛰었다.

"그럴 리가! 걔 손수건에도 마요네즈 기름이 좔좔 흐를 것 같아. 아무래도 아침마다 마요네즈 한 통을 다 먹고 오는 게 아닐까. 그러지 않고서야 그런 느끼한 말을 얼굴색 하나 안 변하고 한다는 게 말이 안 되잖아."

장난스러운 새별이 말에 아라는 별다른 대꾸를 하지 않았다. 왠지 모르게 딴생각에 빠져 있는 것 같았다. 새별이역시 아무리 농담이라지만 코흘리개 시절부터 친했던 마용진의 뒷담화를 하는 것 같아 그만 입을 꾹 닫았다. 말은 이렇게 해도 사실 마용진은 아라 다음으로 새별이가 의지하는 친구다. 지나치게 느끼한 게 탈이지만, 속도 깊고 새별이네 집 사정 역시 누구보다 잘 알아 감출 게 없으니 편했다.

빠르게 걸은 덕분에 다행히 지각은 면했다. 새별이와 아라가 교실에 들어서자마자 담임 선생님이 들어왔다. 선생님 뒤로 처음 보는 남자아이가 따라 들어왔다. 남자아이를 본 순간 교실 안의 소란이 멈추고 모두의 시선이 그 아이에게로 향했다.

180㎝는 돼 보이는 키에, 쌍꺼풀 없이 커다란 눈, 적당히 오똑 솟은 코, 립글로스라도 바른 듯한 붉은 입술, 흰 피부까지. 마치 웹툰에서 막 뛰어나온 듯한 느낌을 주는 아이였다. 도무지 현실감이라고는 없는 외모에 아이들은 흥분을 감추지 못했다. 특히 여자아이들의 동요가 심했다.

"자, 자, 조용. 전학생을 이렇게 어수선한 분위기로 맞을 거니?"

전학생이란 말에 아이들의 술렁거림이 더 커졌다. 몇몇 여자아이들이 작게 환호하는 소리도 들렸다. 선생님이 교탁을 탕탕 두드리며 소란을 정리했다.

"우리 반에 새로 온 친구를 소개한다. 자, 친구들에게 직접 인사할까?"

선생님 말에 전학생이 천천히 입을 열었다.

"이름은 서연휘. 내가 좋아하는 일 하면서 조용히 학교 다니다가 졸업하는 게 꿈이야. 반갑다."

마용진처럼 느끼하지도, 그렇다고 가볍지도 않은, 적당한 중저음의 목소리. 게다가 대한민국에 사는 중학생이라면 결코 무시할 수 없는 친구 관계나 성적 따위엔 아무런 미련도 없는 듯한 저 무심하면서도 자존감 높은 태도. 왠지 모르게 풍기는 비밀스러운 분위기까지. 전학생 서연휘는 단숨에 아이들의 시선을 끌어당겼다. 새별이도 호기심 어린 눈빛으로 연휘를 바라봤다.

"연휘는 저기 새별이 옆자리에 앉으면 되겠다."

선생님의 지목에 새별이는 깜짝 놀랐다. 왠지 속마음을 들킨 것 같아 얼굴까지 살짝 빨개졌다. 키가 큰 새별이는 4분단 맨 뒷줄에 앉아 있다. 그리고 남자아이가 한 명 모자란 탓에 새별이 옆자리는 학기 초부터 늘 비어 있었다. 그런데 2학기가 시작되고 한 달 좀 지나 전학생이 온 덕분에 이제야 새별이도 짝을 찾은 것이다.

여자아이들이 부러움 섞인 눈빛으로 새별이를 바라봤다. 아라마저 새별이를 향해 콧등을 살짝 찡긋하며 생긋 웃었다. 마치 '전학생과 잘해 보라.'는 눈빛을 보내는 것 같았다.

새별이는 민망한 마음에 일부러 아무렇지 않은 척 도도한 표정을 지었다. 연휘가 무심한 표정을 하고 새별이 쪽으로 걸어왔다. 도도하게 꾸민 표정과 달리 새별이 가슴이 뛰었다.

미스터리 전학생

연휘로 인해 생긴 설렘은 1교시를 채 넘기지 못했다. 시작은 선생님이 한창 칠판에 수학 공식을 쓰고 있을 때였다. 새별이 옆에 앉은 뒤 그 흔한 '안녕'이란 말조차 하지 않고 입 꾹 다물고 있던 연휘가 갑자기 한숨을 내쉬었다. 자연스레 새별이 눈길이 연휘에게로 향했다. 그 순간 둘의 눈이 마주쳤다. 새별이는 얼른 고개를 앞으로 돌리고는 조용히 물었다.

"무슨 문제 있어?"

연휘가 처음으로 새별이에게 말을 건넸다.

"너, 우리가 죄수라는 거 아니?"

"뭐? 뭔 수?"

새별이는 잘못 들었나 싶어 귓구멍을 후비며 되물었다. 연휘가 답답하다는 듯 말을 이었다.

"우리 모두 죄수라고. 지구라는 감옥에 갇힌 불쌍한 영혼."

복잡한 수학 공식 탓에 머리가 잠깐 이상해진 걸까. 새별이 얼굴이 절로 찌푸려졌다.

"대체 무슨 소리를 하는 거야?"

"너도 모르는구나. 외계인이 와서 알려 준 진실인데."

뜬금없이 외계인이라니? 당황한 새별이는 더 묻지 못하고 눈만 껌벅거렸다. 하지만 이어지는 연휘 말은 더욱 황당했다.

"우리 모두 엄청나게 큰 죄를 저질렀대. 그래서 우리 영혼은 지구 밖으로 영원히 빠져나가지 못하고 여기 이렇게 갇혀 있는 거래.[1] 그래서 사는 게 이렇게 갑갑한 걸지도."

"지금 나 놀려? 어디서 그런 말도 안 되는 소리를……."

새별이가 저도 모르게 목소리를 높이다 얼른 입을 틀어

---

[1] 1947년 미국 공군에서 간호 장교로 근무하던 마틸다 맥엘로이가 UFO 추락 사건과 관련해 외계인과 인터뷰한 내용을 담은 책 『외계인 인터뷰』(로렌스 R. 스펜서, 2013)에 이러한 주장이 실려 있다.

막았다. 하지만 이미 선생님과 아이들 눈길이 한꺼번에 새별이에게 쏠린 뒤였다.

"이새별, 첫날부터 전학생하고 사이가 너무 좋은 거 아니냐? 수업에 집중하자."

선생님이 빙글 웃으며 말을 뱉었다. 몇몇 여자아이들은 대놓고 기분 나쁜 표정을 지었다. 새별이 자리는 4분단 맨 뒤라 조용히 떠드는 소리 정도는 웬만해서 선생님 귀에까지 들리지 않는다. 하지만 이번에는 너무 황당한 나머지 목소리가 조금 컸다.

'으, 억울해. 다 이 녀석 때문이야.'

새별이는 조용히 연휘를 한 번 째려보고는 신경질적으로 연필을 움직였다. 연휘한테 들이댄다는 오해를 받은 것 같아 기분이 상했다.

쉬는 시간 종이 울리자마자 아라가 새별이 자리로 찾아왔다. 아라는 연휘 눈치를 슬쩍 살피며 소리는 내지 않고 입만 벙긋벙긋 움직이며 물었다.

'무슨 일이야?'

연휘 주위로 이미 여자아이들이 하나둘 몰려오고 있었다. 새별이는 아이들의 호들갑을 듣고 싶지 않아 아라 손

꿈을 걷는 소녀

을 잡고 얼른 복도로 나왔다. 등 뒤에서 아이들이 연휘에게 이런저런 질문을 쏟아 내는 소리가 들렸다.

"전에 어느 학교 다녔어?" "왜 전학 온 거야?" 같은 뻔한 질문부터 "혹시 사귀는 애 있어?"라는 노골적인 질문까지. 그나마 "네가 좋아하는 일이 뭔지 궁금하다."라고 물은 아이는 좀 나았다. 새별이는 교실 쪽을 흘끔 돌아보며 1교시 내내 마음속에 담아 두었던 말을 한풀이하듯 내뱉었다.

"서연휘, 완전 또라이야."

새별이는 수업 시간에 연휘가 했던 말을 토씨 하나 안 빠트리고 아라에게 그대로 전했다. 새별이 말을 들은 아라도 조금 놀란 눈치였다.

"정말 서연휘가 그렇게 말했단 말이야? 좀 특이하긴 하네. 그래도 아직 잘 모르는데 또라이라고 하기엔……."

"누가 또라이야?"

갑자기 지하 동굴에서 내는 듯한 저음의 목소리가 끼어들었다. 아라가 화들짝 놀라 뒤를 돌아봤다. 마용진이 한쪽 주머니에 손을 넣고 느끼한 웃음을 지으며 서 있었다.

'저 녀석은 서 있는 것도 왜 저렇게 느끼한 걸까.'

새별이는 짝꿍은 또라이, 절친한 남사친은 마요네즈라

는 현실 앞에 잠시 좌절했다.

"아, 아무것도 아, 아니야."

알지도 못하는 전학생 흉 좀 본 게 뭐 그리 큰 비밀이라고 아라가 눈에 띄게 당황했다. 당황한 아라 대신 새별이가 나섰다.

"마요네즈, 아라랑 중요한 얘기 하고 있으니까 너는 좀 빠져 줄래?"

"흠, 숙녀 분들끼리 중요한 얘기가 있다니 저는 그럼 이만 물러나 드리지요."

마용진이 고개를 살짝 숙이며 중세 시대 귀족들이나 쓸 법한 말을 뱉었다. 그대로 돌아서 가나 싶었는데, 갑자기 고개를 홱 돌리더니 한마디 덧붙였다.

"새별아, 그래도 너랑 가장 오래된 친구는 나라는 걸 잊지 마."

마용진은 말을 마치고는 손가락 하나를 눈앞에서 흔들더니 한쪽 눈까지 찡긋 감았다 떴다.

"웩."

새별이는 더는 참지 못하고 헛구역질을 했다.

"정말 마요네즈답지 않냐?"

새별이가 고개를 절레절레 저으며 아라의 동의를 구했다. 하지만 아라는 새별이 말에는 별다른 대꾸를 하지 않고 급히 다른 말을 던졌다.

"새별아, 나 화장실 좀 다녀올게."

"같이 가."

"아냐, 곧 종 칠 것 같아. 나 혼자 빨리 갔다 올게."

아라는 도망치듯 복도를 빠르게 달려갔다. 새별이는 마용진 때문에 연휘 욕을 실컷 하지 못해 아쉬웠지만, 아라 말대로 곧 종이 칠 것 같아 그만 교실로 들어갔다. 연휘 주변에 있던 여자아이들이 고개를 갸우뚱하며 자기 자리로 돌아가는 게 보였다.

'큭, 쟤들도 또라이 맛 좀 봤나 본데.'

새별이는 피식 웃음이 나왔다. 연휘는 자기 주변 공기가 어떻게 변하든 상관없다는 듯 팔짱을 끼고 앞만 보고 있었다. 새별이는 연휘가 또 이상한 말을 꺼낼까 싶어 2교시 국어 교과서를 펼쳤다. 그리고 난생처음 예습이란 걸 하는 척했다. 다행히 연휘는 말을 걸지 않았다.

하지만 방심은 금물이라 했던가. 무사히 2교시가 지나갔나 싶었는데 3교시 영어 시간에 연휘가 또 엉뚱한 말을 건넸다. 'Unidentified'라는 영어 단어가 나왔을 때였다.

"왜 어른들은 UFO가 지구에 찾아온다는 사실을 숨길까."

외계인에 이어 이번엔 UFO다. 그러다 새별이 머릿속에 UFO의 U가 'Unidentified'(정체불명의, 미확인)의 머리글자라는 게 어렴풋이 떠올랐다.

'설마 그래서 UFO 얘기를 꺼낸 건가. 또라이긴 하지만 제법 논리적인데.'

새별이는 연휘의 엉뚱한 질문에 말려들지 않기로 단단히 마음먹었다. 1교시 때처럼 선생님의 지적과 아이들의 눈총을 받고 싶지는 않으니까. 그래서 연휘 말에 일부러 관심 없는 척 칠판만 뚫어져라 바라봤다. 연휘는 새별이가 대꾸하거나 말거나 자기 하고 싶은 이야기를 조곤조곤 이어 갔다.

"이 허접한 시스템이 붕괴할까 봐 두려운 건가. 몇몇 유적지만 봐도 이미 고대부터 UFO가 지구에 수시로 찾아왔다는 건 알 수 있는데 말이지."

저 과묵한 입이 왜 수업 시간만 되면 열리는지 도무지 이해할 수 없었다. 이대로 있다가는 3교시 내내 UFO니,

외계인이니 하는 이야기를 들어야 할 것 같다. 이쯤에서 연휘 말을 끊어 내야 했다. 새별이는 낮지만 단호한 목소리로 속삭였다.

"제발 그런 엉뚱한 소리 좀 그만해. 내가 진짜 널 또라이라고 생각하기 전에."

두 번째 말은 거짓이다. 이미 새별이는 연휘를 또라이라고 생각하고 있으니까. 하지만 또라이를 설득하려면 어쩔 수 없었다. 새별이 작전이 먹혔는지 연휘가 어깨를 한 번 으쓱하더니 교과서로 눈을 돌렸다. 하지만 수업에 집중하는 것 같지는 않았다. 틀림없이 딴생각에 빠져 있는 표정이었다.

연휘가 또라이라는 소문은 채 하루가 안 돼 온 교실에 퍼졌다. 새별이가 소문을 퍼뜨린 건 절대 아니다. 그렇다고 아라가 잘 알지도 못하는 아이의 험담을 대놓고 했을 리도 없었다. 마용진 역시 새별이와 아라가 누구를 가리켜 또라이라고 했는지 알지 못하니 패스.

새별이는 곧 소문의 진원지를 찾아냈다. 그건 다름 아닌 바로 서연휘, 자신이었다. 쉬는 시간마다 관심을 표하며 쭈뼛쭈뼛 다가오는 여자아이들에게 엉뚱한 이야기를 똑같이 늘어놓은 것이다. 그 덕분에 연휘는 전학 온 지 하루 만에 별명이 생기는 진기록을 세웠다.

보통 전학생에 대해서는 잘 모르기도 하려니와 전학생 스스로도 첫날부터 자기 캐릭터를 분명하게 드러내지는 않는다. 하지만 연휘는 달랐다. 그래서 학교가 끝날 때쯤 2학년 3반 아이들은 모두 연휘를 이렇게 불렀다.

잘또.

'잘생긴 또라이'의 줄임말이었다. 그냥 또라이라고 부르기에는 미안했는지 누군가 앞에 '잘생긴'이라는 수식어를 붙여 줬다.

새별이는 연휘에게 가장 먼저 또라이라고 부른 주인공이었지만, 왠지 연휘를 '잘또'라고 부르는 게 내키지 않았다. 전학 온 첫날부터 이상한 아이로 낙인 찍혔다는 사실에 살짝 안쓰럽기까지 했다. 물론 연휘는 아이들이 자신을 뭐라고 부르든 신경 쓰지 않는 것 같지만.

종례 시간까지 참다 새별이는 교실을 나가기 전 연휘에게 한마디 건넸다.

"네 머릿속에 뭐가 들어 있는지 모르겠지만, 그렇게 이

꿈을 걷는 소녀

상한, 아, 아니 평범하지 않은 생각은 너 혼자 마음속으로만 하는 게 좋아."

연휘는 이렇다 저렇다 대꾸 없이 특유의 무심한 표정으로 새별이를 바라보기만 했다. 새별이는 귀가 있으면 알아들었겠거니 여기고 아라와 함께 교실을 나왔다.

학교 건물 밖으로 나오는데 마용진이 보였다. 평소 같으면 새별이를 보고 느끼한 말을 건넸을 텐데, 마용진이 새별이와 아라를 한 번 흘낏 쳐다보고는 아무 말 없이 자전거를 타고 쌩 가 버렸다.

"마요네즈가 느끼 멘트를 거르다니, 어쩐 일이지? 아까일 때문에 삐졌나?"

"설마, 용진이가 그렇게 속 좁은 애는 아니잖아."

이렇게 말하는 아라도 자기 말에 그다지 확신이 있어 보이지는 않았다. 빠르게 멀어져 가는 마용진의 뒷모습에서 눈을 떼지 못하는 것만 봐도 알 수 있었다. 아라는 집에 가는 길에도 별다른 말을 하지 않았다. 새별이가 내내 연휘의 이상한 점을 꼬집어 이야기해도 '그랬구나', '그러게', '맞아' 등 의례적인 대답만 할 뿐 제대로 귀 기울이는 것 같지 않았다.

'나만 너무 혼자 떠들었나.'

그러고 보니 온종일 아라에게 연휘 이야기만 늘어놓은 것 같다.

그때 마용진 엄마를 우연히 만났다. 아줌마는 마트에 가는지 장바구니를 들고서 사거리 편의점 앞을 막 지나고 있었다. 새별이를 보고 아줌마가 다가와서 다정하게 말을 걸었다.

"우리 새별이, 이제 오는구나. 오늘도 공부하느라 힘들었지?"

마용진의 다정함은 모계 유전이 틀림없다. 다행히 아줌마는 마용진처럼 느끼하지 않다. 오히려 몇 마디 안 되는 말로도 사람을 기분 좋게 만드는 매력이 있는 분이다.

"자주 보는데도 그새 또 훌쩍 큰 것 같네. 용진이가 우리 새별이 같은 여자친구를 사귀면 얼마나 좋을까."

아줌마 레퍼토리가 또 나왔다. 새별이가 유치원 때부터 귀에 딱지가 앉을 만큼 자주 들은 소리다. 처음에는 말도 안 되는 소리라며 펄펄 뛰었지만, 이제는 그저 웃어넘기고 만다. 그건 이번에도 마찬가지였다. 아줌마는 아침에 마용진이 망고를 먹고 싶어 했다며 새별이와 아라에게 인사를

꿈을 걷는 소녀

건네고 마트로 향했다.

"아줌마도 참, 맨날 똑같은 소리 하시는 거 지겹지도 않나. 내가 마용진 같은 남자친구를 왜 만나니? 맨날 마요네즈 한 통씩 먹는 기분일 텐데. 웩!"

새별이는 장난스레 말을 던졌다. 하지만 이번에도 아라는 별다른 반응을 보이지 않았다. 이미 아라와 헤어져야 하는 사거리 편의점 앞이었다.

"잘 가. 내일은 늦잠 자지 말고."

아라는 기다렸다는 듯 인사를 건넸다. 새별이는 그런 아라의 태도가 조금 서운했다. 하지만 곧 아라 기분을 이해하고는 밝게 웃으며 인사했다. 내일은 자기 혼자 떠들지 말고 아라 이야기에 귀 기울여 줘야겠다고 다짐하면서. 그리고 이게 다 이상한 전학생, 서연휘 때문이라는 생각을 하면서.

말도 안 되는 꿈

"오래전부터 널 좋아했어."

아라가 수줍게 말을 꺼냈다. 앞에 선 마용진은 뒷머리만 긁적이며 어쩔 줄 몰라 했다.

'맙소사! 아라가 마요네즈를 좋아하고 있었다니!'

단 한 번도 상상하지 못한 장면이 눈앞에 펼쳐지고 있었다. 학교 건물 뒤, 아이들이 자전거를 매어 두는 곳에 아라와 마용진이 서 있었다. 2층에 있는 교실 창밖으로 내다보면 바로 내려다보이는 곳이다. 물론 두 사람이 어떤 이야기를 주고받는지도 들릴 정도의 거리다. 아라의 절절한 고백이 이어졌다.

"다정한 네가 좋아. 누구보다 따뜻한 마음을 가진 널 보

꿈을 걷는 소녀

면 내 마음도 따뜻해지거든. 늘 다른 사람을 먼저 배려하고 속 깊은 네가 어느 순간 내 마음속으로 들어와 버렸어."

좋아하면 닮는 걸까. 마용진 못지않게 닭살 돋는 말을 술술 내뱉는 아라가 새삼 낯설었다.

나는 얼른 교실에서 뛰쳐나가 아라에게 방금 한 말이 진심이냐고 묻고 싶었다. 오랫동안 마용진을 좋아했다면서 그동안 왜 나에게는 말하지 않았는지도 궁금했다. 내심 서운하기도 했다. 하지만 웬일인지 발이 바닥에 딱 붙은 듯 떨어지지 않았다.

'아라한테 묻고 싶은 말이 많은데……. 어어…… 왜 이러지…….'

※

새별이가 끙끙대며 눈을 번쩍 떴다. 그제야 다리가 제 마음대로 움직여졌다.

"뭐야, 또 꿈이잖아."

오늘 밤은 요 며칠 반복되던 꿈이 아닌 새로운 꿈이었다. 그런데 이번 꿈 역시 얼토당토않고 황당하긴 마찬가지였다.

"픕, 아라가 마요네즈를 좋아하다니. 아무리 꿈이라도 말이 안 되잖아."

새별이는 웃음이 새어 나왔다. 스마트폰 시계를 보니 새벽 여섯 시가 조금 넘었다. 한 시간만 있으면 일어나야 할 시간이었다. 얼른 다시 잠을 청해 봤지만 이미 정신이 또랑또랑해진 상태였다. 꿈에서 본 장면이 다시 떠올랐다. 웃음이 나왔다.

"꿈은 반대라던데, 혹시 마요네즈가 아라를 좋아하나?"

그렇게 생각하고 보니 둘이 꽤 잘 어울린다는 생각이 들었다. 하지만 이내 그 생각을 머릿속에서 털어 냈다. 아무리 생각해도 둘 사이에 친구 이상의 감정이 있을 거라는 상상은 하기 어려웠다.

새별이는 삼십 분쯤 침대에서 뒤척였다. 그러다 어차피 깬 김에 일찌감치 학교 갈 준비를 하는 것도 괜찮겠다는 생각이 들었다. 안 그래도 어제 아라를 오래 기다리게 하지 않았던가. 오늘은 먼저 가서 아라를 맞고 싶었다.

거실로 나가 보니 엄마도 일찍 일어나 출근 준비를 하고 있었다. 아직 자고 있을 시간에 일어난 새별이를 보고 엄

꿈을 걷는 소녀

마는 잠시 놀라는 듯했지만, 별다른 말은 없었다. 왜 이렇게 일찍 일어났느냐고 물었다면 어젯밤 꿈에서 본 그 웃긴 장면을 살짝 털어놓았을 텐데. 새별이는 왠지 입맛이 썼다. 아직도 엄마에게 전과 같은 다정함을 기대하는 자신이 조금 우습기도 했다.

새별이는 일 초라도 빨리 집을 벗어나고 싶었다. 아니, 엄마랑 같이 있는 시간을 일 초라도 줄이고 싶었다. 한없이 여유로운 아침이었지만, 새별이는 빠르게 학교 갈 준비를 마치고 집을 나섰다. 오늘도 어쩔 수 없이 은별이 방에 눈길이 머무는 걸 막지는 못했다.

'은별이가 있었다면 달랐을 텐데.'

세 식구가 함께일 때는 아빠의 빈자리도 잘 느끼지 못했다. 아빠야 워낙 새별이가 어릴 때 세상을 떠나기도 했고, 세 식구만으로도 늘 마음이 꽉 찼으니까. 새별이는 은별이와 함께했던 일상이 사무치게 그리웠다. 지극히 평범했던, 그래서 행복했던.

사거리 편의점 앞에서 아라를 기다리는데, 마용진이 먼저 나타났다. 마용진 얼굴을 보자 새별이는 자연스레 어젯밤 꿈이 떠올라 웃음이 나왔다.

"무슨 기분 좋은 일 있어?"

마용진이 다가와 다정하게 말을 건넸다. 새별이는 안 그래도 입이 근질근질하던 참이었다. 아라가 오면 이야기하려고 벼르고 있었는데, 마용진이 한발 빨랐다. 뭐, 마용진도 어젯밤 꿈의 주인공이니 누구에게 먼저 이야기하든 상관없을 것 같았다. 새별이는 씩 웃으며 입을 열었다.

"어젯밤 꿈에 네가 나왔어."

"정말? 너, 내 생각 너무 많이 하는 거 아니야?"

마용진이 웃음기 머금은 얼굴로 장난을 쳤다. 새별이는 고개를 돌려 헛구역질하는 시늉을 하고는 곧바로 말을 이었다.

"너만 나온 거 아니거든. 아라도 같이 나왔거든?"

"그래?"

마용진이 민망했는지 뒷머리를 긁적였다. 저 버릇은 꿈에서나 현실에서나 변함없었다.

"근데 웃긴 게 뭔 줄 알아?"

새별이가 짓궂은 표정을 지으며 마용진의 궁금증을 자아냈다.

"뭔데? 꿈에서 내가 바보 같은 짓이라도 했어?"

"크큭, 맞다, 생각해 보니 아라 고백을 들을 때 네 표정이 좀 바보 같았어."

"고백이라니, 무슨 소리야?"

마용진이 놀라 물었다.

"아라가 너한테 좋아한다고 고백하는 거 있지. 얼마나 웃기던지, 아침부터 배꼽 빠지는 줄 알았다니까. 크크크."

새별이가 배를 잡고 웃었다. 마용진 얼굴이 붉게 달아올랐다.

"나, 나 먼저 갈게. 조심히 와."

마용진이 황급히 자전거를 돌려 멀어져 갔다.

"야, 뭘 또 그렇게 부끄러워하고 그래?"

새별이가 멀어져 가는 마용진 뒤통수에 대고 소리쳤다. 그리고 뒤돌아보는데 언제 왔는지 아라가 서 있었다.

"아라야, 왔어? 나, 오늘은 일찍 왔지?"

새별이가 아라 팔짱을 끼며 자랑스레 말했다. 방긋 웃는 새별이와 달리 아라 표정은 잔뜩 굳어 있었다.

"왜 그래? 기분 나쁜 일이라도 있었어?"

"아니야, 그런 거."

"그럼 왜 우리 조아라 얼굴이 이렇게 굳어 있을까? 내가 말했잖아. 넌 콧등을 살짝 찡긋하며 웃을 때 가장 예쁘다고."

"아무 일 없어. 그냥 어젯밤에 잠을 설쳐서 좀 피곤한가 봐."

"왜? 너도 나처럼 꿈이라도 꾼 거야? 참, 나, 어젯밤에도 진짜 황당한 꿈 꿨다. 이건 좀 웃긴 건데……."

새별이가 아라에게 꿈 이야기를 막 시작하려고 하는데, 아라가 단호하게 말을 끊었다.

"네 꿈 얘기, 그만 듣고 싶어."

새별이가 놀라 멍하니 있자 아라가 서둘러 덧붙였다.

"아니, 난 그냥 말도 안 되는 꿈 이야기 같은 거 말고 현실적인 이야기 하자고."

새별이 머릿속에 문득 연휘 얼굴이 떠올랐다. 요즘 부쩍 꿈 이야기를 자주 하는 걸 보고 아라도 혹시 새별이가 연휘를 볼 때의 감정 같은 걸 느낀 걸까.

"앗, 그건 최악인데."

속으로 하려던 말이 밖으로 튀어나와 버렸다.

"뭐가 최악이야?"

아라의 물음에 새별이는 황급히 손을 내저었다.

"아, 아니야. 알았어. 앞으로는 황당한 꿈 이야기 말고 여기, 지금, 우리 이야기 하자. 비과학적이고 말도 안 되는 이야기는 이제 그만할게. 약속."

새별이는 새끼손가락까지 올려 보였다. 아라가 가만히 고개를 끄덕였다. 하지만 여전히 굳은 표정은 풀리지 않았다. 덩달아 새별이 마음에도 찜찜함이 남았다.

교실에 들어서자 아이들이 연휘 자리를 힐끔거리며 수군거리고 있었다. 굳이 들으려 하지 않아도 무슨 이야기를 하는지 다 들렸다.

"너는 잘또한테 어떤 이야기 들었는데?"

"피라미드. 넌?"

"지구 멸망."

"에잇, 다들 잘만 사귀는 남자 친구 한 명 못 만들고. 서연휘 말대로 지구나 확 멸망했으면 좋겠다."

"뭐야, 너. 그새 잘또한테 물든 거야?"

그때 연휘가 교실로 들어왔다. 방금까지 연휘에 대해 이야기하던 아이들이 저마다의 자리로 빠르게 흩어졌다. 새별이는 연휘를 힐끔 쳐다봤다. 분명 '잘또'라는 말을 들었을 텐데, 무심한 표정에는 변함이 없었다.

'하긴 잘또가 무슨 뜻인지, 누구를 가리키는지 알 리 없지.'

처음에 연휘 외모만 보고 다가왔던 몇몇 여자아이들을 빼고는 연휘에게 다가가는 아이는 없었다. 남자아이들은 자기보다 잘생긴 아이에 대한 질투심 때문인지, 잘또라는 소문을 들어서인지 연휘와 일부러 거리를 두는 것처럼 보였다. 정이 넘치고, 다정한 마용진만이 가끔 연휘를 챙겼다. 연휘는 전학 온 지 이틀 만에 고립된 섬이 되어 버렸다. 새별이는 그런 연휘가 조금 안쓰러웠다.

'후유, 어쩌겠어? 자기 무덤 자기가 판 거지.'

새별이에게는 지금 연휘보다 더 신경 쓰이는 사람이 있었다. 3교시가 지나도록 아라는 쉬는 시간마다 자리에 엎드려 있었다. 어젯밤 잠을 못 자서라고 하지만, 거짓말이라는 게 얼굴에 빤히 보였다. 아라와 단짝으로 지낸 지 2년째인데 그 정도도 알아차리지 못할 새별이가 아니다. 아라 기분이 가라앉은 이유를 알아내려 몇 번 시도해 봤지만, 아라의 굳게 닫힌 입은 열리지 않았다. 결국 아라에게 시간이 필요한지도 모르겠다는 생각이 들었다.

좋든 싫든 감정을 숨기지 못하고 바로 표현하고, 속에 든 말을 참지 못해 금세 내뱉어 버리고 마는 새별이와 달리 아라는 감정을 쉽게 드러내는 친구가 아니다. 혼자 자기 감정에 대해 곰곰이 생각해 본 뒤 어느 정도 정리가 되면 그제야 털어놓을 때가 많다.

처음에는 그런 아라가 답답하기도 하고, 자신을 믿지 못하나 싶어 서운할 때도 많았다. 하지만 이제는 둘이 그저 서로 다를 뿐이라는 걸 받아들였다. 그리고 자기 기준에서 아라를 섣불리 판단해 왔다는 생각도 들었다. 사람은 생긴 것만큼이나 성격도, 생각도 모두 다른 법이니까.

가끔 아라가 부러울 때도 있었다. 새별이가 아라 같은 성격이었다면 엄마와의 관계가 지금처럼 틀어져 버리진 않았을 테니까. 은별이가 그렇게 된 뒤 새별이는 그때그때 느끼는 모든 감정을 엄마에게 폭발하듯 터트려 버렸고, 그때마다 엄마와의 거리는 점점 멀어졌다. 그리고 이제는 기적이 일어나 은별이가 다시 돌아온다 해도 돌이킬 수 없는 관계가 되어 버린 것 같다. 그런 생각이 때때로 새별이를 두렵게 만들었다.

새별이가 이런저런 생각에 빠져 있는데, 연휘가 슬며시 말을 걸어왔다.

"저거 꼭 피라미드 같지 않아?"

새별이는 연휘의 시선을 따라가 보았다. 누군가 아무렇게나 접어 놓은 빈 우유 팩이 보였다.

"저게? 어딜 봐서?"

새별이는 그저 빈 우유 팩으로 보이는 게 왜 연휘 눈에는 피라미드로 보이는지. 진심으로 궁금했다.

"난 언젠가 이집트에 꼭 가 보고 싶어."

연휘가 눈을 반짝이며 말했다.

"이집트? 왜?"

새별이는 자기도 모르게 반사적으로 질문해 놓고 '아차' 싶어 입술을 안으로 오므렸다. 이렇게 반응해 주다 보면 연휘의 엉뚱한 이야기가 계속 이어질 게 뻔했다.

"쿠푸왕 피라미드[2]를 내 눈으로 확인하고 싶거든."

아니나 다를까. 연휘는 난생처음 들어 보는 피라미드 이

---

2 기원전 2560년경 고대 이집트에서 만들어진 피라미드. 높이 147미터, 밑변 230미터의 정사각뿔로 이뤄져 있다. 이집트에 있는 70여 개의 피라미드 가운데 가장 규모가 커 '대(大) 피라미드'라고도 불린다. 세계 7대 불가사의 중 하나다.

름을 입에 올렸다. 새별이는 쿠푸왕이 누구냐고 물으려다 간신히 참았다. 아침에 연휘에게서 피라미드 이야기를 들었다는 누군가의 말이 떠올랐다. 어제는 외계인과 UFO, 오늘은 피라미드라니. 새별이는 연휘가 이렇게 수업 시간 중에 갑자기 엉뚱한 이야기를 하는 게 혹시 자신을 놀리는 건지 헷갈렸다.

'내가 자기를 좋아할까 봐 미리 철벽 치는 건가? 아니면 내가 자꾸 반응해 주니까 재밌나? 원래 유치한 남자애들이 여자애들을 놀리는 이유가 그 반응이 재밌어서라고 하던데⋯⋯.'

새별이는 연휘가 이러는 이유에 대해 혼자 이런저런 추측을 했다. 그러거나 말거나 연휘는 자기만의 세계에 빠져 쉼 없이 말을 늘어놓았다.

"넌 신기하지 않니? 고대 사람들이 그렇게 거대하고도 복잡한 내부를 가진 피라미드를 지었다는 게. 사실 피라미드는 왕의 무덤이 아니라 전력 발전소였다는 설도 있어. 고대 사람들이 전기의 원리를 알고 있었다는 상상만으로도 난 가슴이 막 뛰어. 빨리 타임머신이라도 개발되면 좋겠어. 그럼 가장 먼저 고대 이집트로 가 볼 거거든. 그래서 쿠푸왕 피라미드의 미스터리를 풀고 싶어."

'왜, 아예 이집트 파라오가 되고 싶다고 하지?'

새별이는 이 말이 목구멍까지 올라왔지만, 속으로 꾹 삼켰다.

연휘는 정말 못 말리는 '미스터리 덕후'다. 연휘를 보고 새별이 머릿속에 새로운 별명이 떠올랐다. 바로 '미덕'. 못생긴 미더덕이 생각나 언뜻 연휘와 안 어울리는 듯하지만, 미스터리 덕후의 줄임말이니 이보다 더 찰떡인 별명은 없는 것 같다. 짝꿍에게 또라이라고 부르는 건 아무리 생각해도 내키지 않았다. 이러다 아이들이 자신을 '또라이 짝꿍'이라고 부르는 건 아닐까 살짝 걱정도 됐다.

자신을 이렇게 세심하게 배려하는지도 모르고 연휘는 새별이가 아무 반응도 보이지 않자 마침내 입을 다물었다. 그렇다고 수업에 집중하는 것 같지도 않았다. 턱을 괴고 또 딴생각에 빠져 있는 것 같다. 도대체 연휘 머릿속에는 뭐가 든 걸까. 대체 지금 무슨 생각을 하는 걸까. 새별이에게 은별이 다음으로 머릿속이 궁금한 사람이 처음 생겼다.

하굣길. 새별이는 자신이 새로 지은 연휘 별명에 대해

아라에게 물었다.

"미덕 어때?"

"미덕이 무슨 뜻인데?"

"미스터리 덕후의 줄임말. 완전 찰떡이지? 연암 박지원, 다산 정약용처럼 조선 시대 학자들 앞에 붙이는 호 같기도 하고 말이야. 미덕 서연휘 선생. 왠지 잘 어울리지 않아?"

"글쎄, 난 잘또가 익숙해서 그런지 잘 모르겠는데."

"에헤이, 잘또보단 미덕이지. 아무리 그래도 같은 반 친구한테 또라이라고 부르는 건 너무하잖아. 물론 서연휘가 좀 또라이 같긴 하지만…… 글쎄, 아까 4교시 때는 나한테 또 뭐라고 한 줄 알아? 자기는 타임머신 타고 고대 이집트에 꼭 가 볼 거래. 가서 쿠팡인지 쿠퍼인지 하는 피라미드를 어떻게 지었는지 알아낼 거래. 걔 머릿속엔 온통 미스터리만 들어 있나 봐. 진짜 특이한 애라니까."

쉴 새 없이 떠드는 새별이를 보고 아라가 갑자기 걸음을 딱 멈추었다.

"너, 혹시 서연휘 좋아해?"

그 어느 때보다 진지한 목소리였다.

"뭐? 내, 내가 누굴 좋아하냐고?"

새별이는 너무 황당해 말까지 더듬었다.

"서연휘 전학 온 다음부터 걔 얘기만 하잖아."

"말도 안 돼. 내가 그런 또라……, 아니, 미덕을 왜 좋아 하냐?"

"그럼 혹시 좋아하는 사람 있어?"

"당연히 있지."

당당하게 말하는 새별이를 보고 아라가 잠시 놀란 표정을 지었다. 그러고는 조심스레 물었다.

"누군데……?"

새별이는 아라 팔짱을 끼고 빵긋 웃었다.

"바로 너, 조아라!"

"뭐야, 닭살. 용진이랑 친하더니 너도 자꾸 닮아 가는 것 같아."

"악, 내가 마요네즈를 닮다니! 말도 안 돼."

새별이가 몸서리를 쳤다. 아라가 그 모습을 보고는 그제 야 생긋 웃었다. 새별이는 내내 가라앉아 있던 아라 기분 이 조금 풀린 것 같아 마음이 놓였다.

아라와 사거리 편의점에서 헤어지고 집으로 가는데 필

꿈을 걷는 소녀

통 지퍼가 고장 났다는 사실이 떠올랐다. 곧장 발걸음을 돌려 단골 문구점으로 향했다. 동네 문구점치고 규모가 꽤 커서 조금 멀어도 자주 들르는 곳이었다.

문구점 앞에 다다랐는데, 익숙한 얼굴이 눈에 들어왔다. 문구점 앞 커다란 유리문 안에 진열된 물건에서 눈을 떼지 못하는 사람. 연휘였다. 새별이는 연휘가 대체 어디에 그렇게 정신이 팔려 있는지 궁금해 그 시선을 따라가 봤다.

'헉, 또야?'

유리문 안에는 레고로 조립된 피라미드 모형이 놓여 있었다.

'꼭 피라미드 지옥에 빠진 것 같은 기분이란 말이지.'

새별이는 고개를 절레절레 저었다. 피라미드 지옥에 또 빠지고 싶지 않아 연휘를 모른 척하고 재빨리 문구점 안으로 들어갔다.

문구점 안에 들어오자 금세 마음이 환해졌다. 꼭 별천지에 온 것 같았다. 큰 규모만큼이나 다양한 물건들이 가득가득 들어차 있었다. 새별이는 필통을 사러 왔다는 원래 목적도 잊고 넓디넓은 문구점 안을 정신없이 헤집고 다녔다. 일기장을 펼쳐 봤다 다이어리 스티커를 들여다보고, 색색의 펜들도 하나씩 다 써 봤다.

그러다 시간이 많이 흘렀다는 걸 깨닫고 얼른 필통 코너로 갔다. 하지만 그곳에서도 꽤 오랜 시간을 흘려보냈다. 마음에 드는 필통이 너무 많은 것도 문제였다. 한참을 고민한 끝에 간신히 필통을 골라 나왔다. 초록색 펜도 덤으로 하나 샀다.

문구점 문을 막 열고 나오는 순간, 새별이는 귀신이라도 본 듯 걸음을 우뚝 멈추었다. 그러고는 눈을 비비고 눈앞에 펼쳐진 광경을 다시 한번 확인했다. 그대로다. 연휘가 여전히 피라미드 모형을 뚫어져라 바라보고 있었다. 새별이는 얼른 스마트폰 시계를 확인해 봤다. 문구점에 들어갔다 나온 지 족히 삼십 분은 지난 것 같았다. 그동안 꼼짝도 안 하고 피라미드 모형을 보고만 있었다니.

'덕질에 한번 빠지면 약도 없다지만, 쟤는 좀 심한 거 아냐?'

게다가 보통의 대한민국 중학생이 빠지는 아이돌이나 게임이 아니라 미스터리 덕질이라니. 도무지 이해할 수 없었다.

'그래도 집중력 하나는 끝내주네. 대체 무슨 생각을 저렇게 골똘히 하는 걸까. 뚫어져라 보고 있으면 피라미드의 미스터리가 풀리기라도 하나.'

새별이는 연휘가 왜 미스터리에 빠졌는지 잠시 궁금해졌다. 물론 새별이도 우리가 아는 과학 상식으로는 도저히 설명할 수 없는 미스터리한 일이 가끔 일어난다는 걸 알고 있다. 연휘가 그렇게 좋아하는 피라미드 역시 신기하긴 하다. 하지만 단지 그뿐. 아무리 연구해도 정답을 알기 힘든 그런 것 말고도 세상에 재미있고 흥미로운 게 얼마나 많은가. 당장 이번 달 컴백하는 아이원 언니들 앨범이랑 굿즈를 모을 생각만으로도 벌써 이렇게 설레는데.

새별이는 잠시 연휘에게 말을 걸어 볼까 하다 그만두었다. 자꾸 이렇게 연휘에게 신경 쓰는 자신이 이상했다. 아라 말대로 누군가 이런 모습을 본다면 연휘를 좋아한다고 오해할지도 모른다. 친구와의 사이를 오해받는 건 마용진 하나로도 충분하다.

다행히 연휘는 피라미드에 정신이 팔려 새별이를 보지 못했다. 혹시 연휘가 새별이를 알아보고 피라미드에 대해 장광설을 늘어놓기 전에 새별이는 도망치듯 문구점 앞을 빠르게 벗어났다.

※

'도플갱어다!'

며칠 전 버스에서 본 여학생이 골목을 휙 돌아 걸어가는 게 보였다. 이번에는 옆에 친구도 함께 있었다.

나도 모르게 여학생 뒤를 따라가다 주변을 휘휘 둘러보았다. 지난번 버스에서처럼 어딘지 모르게 뭔가 어긋난 느낌이 들었다. 하지만 빠르게 멀어지는 도플갱어를 잡으려면 주변에 신경 쓸 여유 따위는 없었다.

'이번에는 말이라도 걸어 볼 거야.'

뛸 듯이 두 사람을 쫓았다. 두 사람 사이에 재밌는 일이라도 있는지 멀리서도 까르륵 웃는 소리가 들렸다. 문득 아라가 떠올랐다. 내 도플갱어에게도 단짝이 있어 다행이라는 생각이 스쳤다. 두 사람을 바라보는 것만으로도 마음속에 따스함이 차올랐다.

어느새 두 사람 뒤에 바짝 다가섰다. 둘 사이에 끼어 말을 걸어 보려 했지만, 이야기가 끊이지 않아 틈이 나지 않

꿈을 걷는 소녀

았다. 결국 한두 발자국 떨어져 두 사람을 미행하는 꼴이 돼 버렸다. 자연스레 두 사람이 주고받는 이야기도 귀에 들어왔다.

"어머니 생신 선물은 준비했어? 내일모레잖아."

도플갱어가 친구에게 물었다. 단발머리를 찰랑찰랑 흔들며 걸어가는 친구가 자신 있게 답했다.

"당연히 했지. 내가 공부는 썩 못해도 이런 건 잘 챙긴다고."

"뭐 준비했는데?"

"비밀. 엄마 선물이니까 엄마가 가장 먼저 알게 하고 싶어."

"피, 계집애. 선물 잘 숨겨 두긴 한 거야?"

"그럼, 내 아지트에 잘 보관해 놨지."

친구는 대단한 비밀이라도 되는 것처럼 목소리를 낮췄다. 도플갱어는 피식 웃더니 친구 손을 잡아끌었다.

"우리 출출한데 올래 분식 가서 떡볶이나 먹고 가자."

"좋지. 그 대신 오늘은 네가 사는 거다. 엄마 선물 사느라 용돈 다 썼거든."

"으이구, 알았어. 얼른 가자. 벌써 침 고인다."

"나도, 나도."

내 입속에도 어느새 침이 고였다. 분명 꿈이라는 걸 알지만, 옆에 앉아 같이 떡볶이를 먹고 싶었다. 그런데 아까와 달리 두 사람이 빠르게 멀어져 갔다. 그리고 어느 순간 안개 속으로 사라지듯 순식간에 모습을 감췄다.

"저기, 도플갱어? 어디로 사라진 거야?"

소리쳐 불러 봤지만 돌아오는 대답은 없었다.

4

수상한 앨범

토요일은 새별이가 가장 기다리는 날이다. 동시에 가장 힘든 날이기도 하다. 특히 엄마와 한 시간 가까이 좁은 차 안에 단둘이 있어야 한다는 생각만으로도 벌써 숨이 턱턱 막혀 왔다.

엄마는 어제도 야근을 하고 늦게 들어왔다. 그런데도 일찌감치 일어났는지 새별이가 씻고 나왔을 때는 이미 나갈 준비를 다 마친 상태였다. 그것도 회사 갈 때보다 더 예쁘게 화장하고, 결혼식 같은 데에 갈 때나 입는 원피스를 입고서.

'은별이는 보지도 못하는데. 저게 다 무슨 소용이람.'

세수와 양치만 대충 하고 나온 새별이는 엄마와 또 묘하게 어긋나고 있다는 느낌을 받았다.

"차 가지고 올라올 테니까 1층에서 만나."

엄마가 집을 나서며 말했다. 그냥 지하 주차장까지 같이 내려가면 될 텐데. 새별이와 좁은 공간에 단둘이 있는 시간을 조금이라도 줄이고 싶은 걸까. 새별이는 엄마에 대한 서운함이 더 몰려오기 전에 빠르게 옷을 입고 집을 나섰다. 엘리베이터가 바로 위층인 12층에 멈춰 섰다가 아래로 천천히 내려왔다.

"벌써 마요네즈 냄새가 솔솔 나는 게, 속이 울렁거리는데."

역시 느끼한 예감은 틀린 적이 없다. 마용진은 이미 새별이가 탈 거라는 걸 알고 있었다는 듯 엘리베이터 안에서 벙싯벙싯 웃고 있었다.

"은별이한테 가?"

마용진 물음에 새별이가 가만히 고개를 끄덕였다.

"아줌마는?"

"주차장. 1층에서 만나기로 했어."

"오늘은 아줌마랑 차 안에서 얘기도 좀 하고 그래."

마용진이 새별이 눈치를 살피며 조심스레 말했다. 새별

이는 절로 한숨이 새어 나왔다.

"그건 다른 집처럼 평범한 모녀 관계에서나 가능한 일이지."

마용진이 안타까운 눈빛으로 새별이를 바라봤다. 새별이는 그 눈빛을 애써 모른 척했다. 어느새 엘리베이터가 1층에 멈춰 섰다.

"간다."

새별이는 마용진에게 짧게 인사하고 밖으로 나왔다. 어제까지 가을비가 보슬보슬 내리더니 오늘은 눈이 부시도록 새파란 하늘이 기다리고 있었다. 가만히 서서 하늘을 올려다보는데, 차 한 대가 주차장에서 빠져나오는 소리가 들렸다. 엄마가 새별이 앞에 차를 댔다.

차에 막 타려는데 마용진이 여전히 1층 현관 앞에 서 있는 게 보였다. 새별이가 흘낏 쳐다보자 마용진은 두 팔을 위로 올리면서 입을 뻥긋했다. '잘될 거야.'란 말이 새별이 마음에 날아들었다. 평소라면 느끼하다며 '웩' 하고 헛구역질하는 시늉을 했을 텐데, 이번에는 어쩐지 마용진 응원에 조금 힘이 났다. 어쩌면 오늘은 엄마와 몇 마디 이야기를 나눌 수 있을지도 모르겠다는 생각이 들었다. 새별이는 마용진을 향해 살짝 웃어 보이고는 차에 올랐다.

"요즘 학교생활은 어때?"

시내를 얼마쯤 달렸을까, 웬일로 엄마가 먼저 말을 건넸다.

"늘 똑같지, 뭐."

"아라랑 용진이 말고 가깝게 지내는 친구는 없고?"

"그렇지, 뭐."

그때 문득 새별이 머릿속에 연휘 얼굴이 떠올랐다. 가깝게 지내는 친구는 없지만 새로 나타난 이상한 친구는 있다. 연휘 이야기라도 하면 이 불편한 시간을 조금은 견딜 수 있을까.

'미덕이 나한테 도움 될 때도 있네.'

새별이는 엄마 쪽으로 고개를 돌리며 입을 열었다.

"근데 우리 반에 특이한 애가 전학 왔어."

"특이한 애?"

엄마가 눈썹을 들어 올렸다. 새별이 말에 관심이 생겼다는 표시다. 새별이는 재빨리 말을 이었다.

"응, 우리 반 애들은 걔를 다 잘또라고 불러. 잘생긴 또라이의 준말이긴 한데, 아무리 잘생기면 뭐 해. 그래도 또라이인걸, 뭐. 걔가 얼마나 특이하냐면…….”

연휘 이야기를 시작하자 새별이는 어느새 예전처럼 엄마에게 미주알고주알 떠드는 딸이 돼 있었다. 저도 모르게 신난 새별이가 말을 잇는데 엄마가 갑자기 날카로운 목소리로 말을 뱉었다.

“같은 반 친구한테 또라이라니, 그런 나쁜 말이 어딨어?”

“아니, 내가 그렇게 부르는 게 아니라…….”

새별이는 억울했다. 분명 자신이 아니라, ‘우리 반 애들’이 그렇게 부른다고 말했으니까. 하지만 엄마는 새별이 말을 더 들어 보려고 하지도 않았다.

“사람을 처음부터 그렇게 색안경 끼고 보는 거 아니야. 중학생이면 그 정도쯤은 스스로 생각할 수 있어야지.”

엄마 표정은 이미 단단히 굳을 대로 굳어 있었다. 서러움이 불쑥 올라왔다. 마용진 말을 듣고 괜히 엄마에게 이야기를 꺼냈다는 후회도 밀려왔다.

엄마 반대편으로 고개를 홱 돌렸다. 어느새 은별이가 있는 병원 근처 한강 다리 위였다. 잔잔하게 흐르는 한강과 달리 새별이 마음은 마구 요동쳤다.

엄마와는 늘 이런 식이다. 잘 지내보려 할수록 자꾸 어긋난다. 대화하려는 시도 자체만으로 둘 다 기분만 상하고 마니까.

'그냥 내가 마음에 안 드는 거겠지.'

은별이 사고 뒤로 엄마와는 이렇게 조금씩 멀어져 버리고 말았다. 새별이는 상처받은 마음을 애써 숨기며 병원에 도착할 때까지 입을 꾹 다물었다. 그건 엄마도 마찬가지였다. 숨 막히는 침묵 속에 드디어 새하얗고 커다란 건물이 눈앞에 나타났다. 은별이가 입원해 있는 병원이다. 아직 10월 초인데 병원 건물 둘레에 얼핏얼핏 단풍이 든 나무가 보였다.

특별한 일이 없는 한 주말마다 찾는 곳이지만, 올 때마다 긴장되는 건 어쩔 수 없었다. 저 직사각형의 네모반듯한 하얀 건물이 새별이 마음을 짓누르는 것만 같았다. 날마다 저 안에 갇혀 있는 은별이는 얼마나 답답할까. 은별이가 얼른 저 안에서 탈출했으면 좋겠다.

'우리가 온 걸 오늘은 알까.'

새별이는 늘 하는 이런 기대가 곧 실망으로 바뀔 거라는 사실을 알면서도 또 같은 기대를 품었다. 병실에 들어가니

간병인 아줌마와 함께 할머니가 앉아 있었다.

"할머니!"

새별이는 할머니 품으로 달려가 폭 안겼다. 세상 누구도 대신할 수 없는 할머니의 따스함에 엄마에게 상처받은 마음이 스르르 녹아내리는 것 같았다.

"아이고, 우리 새별이 왔구나. 잠깐 못 봤다고 그새 또 훌쩍 큰 것 같네."

할머니가 새별이를 꼭 끌어안으며 말했다. 딱 3주 만이다. 할머니는 얼마 전 이탈리아와 이스라엘로 성지 순례를 다녀왔다.

"할머니, 보고 싶었어."

"나도 우리 손녀들 보고 싶어서 눈에 진물 나는 줄 알았다."

새별이는 할머니를 다시 한번 꽉 안았다.

"그새 우리 은별이도 조금 큰 것 같지 않니?"

할머니가 새별이 손을 잡고 은별이에게로 이끌었다. 새별이 눈에는 1년 전이나 지금이나 똑같은데. 은별이의 시간은 여전히 1년 전 그날에 멈춰 있다. 한 살 더 먹어 이제 열한 살이 됐지만, 여전히 열 살 아이 같았다.

새별이는 날마다 은별이가 그립다. 늘 보고 싶다. 하지만 막상 은별이와 마주하면 얼굴을 제대로 보는 것조차 힘들다. 결국 오늘도 은별이를 오래 바라보지 못하고 그만 눈을 돌리고 말았다. 그 대신 속엣말로 마음을 전했다.

'은별아, 미안해. 그러니까 그만 언니 용서하고 깨어나 주면 안 될까.'

할머니가 새별이 손을 놓고 이번에는 엄마 손을 잡았다.

"너, 요즘도 야근 자주 하니? 얼굴이 왜 이렇게 푸석해? 새별이도 혼자 있는데 일 좀 줄이라니까."

"엄마 안경을 새로 맞춰 드려야 하나. 사람들은 다 내 얼굴 좋다는데 엄마만 맨날 그래요."

"이 엄마 눈이 가장 정확하지. 피 한 방울 안 섞인 남들이 뭘 안다고."

"잘 먹고, 잘 자고, 아주 잘 지내고 있으니까 제발 걱정 좀 그만해요."

거짓말이다. 엄마는 은별이 사고 뒤로 단 한 번도 잘 먹고, 잘 자고, 잘 지낸 적 없다. 마치 일부러 그러듯 일에만 파묻혀 지냈다. 할머니 눈이 정확하다.

"은별아, 엄마 왔어."

엄마가 은별이 머리를 가만가만 쓰다듬었다. 하지만 역시나 은별이는 아무 반응이 없었다. 엄마는 은별이 팔이며 다리를 연신 주물렀다. 그 모습을 보고 할머니가 말했다.

"은별아, 너희 엄마 불쌍하지도 않니? 이제 그만 속 썩이고 어서 깨어나라."

할머니 목소리에 어느덧 울음기가 묻어났다.

"쯧쯧, 어린것이. 저도 얼마나 힘들꼬."

자주 보는 장면이지만, 볼 때마다 새별이 마음은 날카로운 바늘에 콕콕 찔리는 것만 같다. 새별이는 은별이에게 뿐만 아니라 할머니 그리고 엄마에게 큰 잘못을 저질렀다. 은별이에게 그런 말을 내뱉지만 않았어도 어린 은별이가 그 놀이기구를 혼자서 탈 일은 없었다.

'겁쟁이.'

그때 왜 그렇게 말했을까.

'너는 겁이 많아서 저런 건 타지도 못하지?'

새별이도 무서워하는 놀이기구였다. 그때까지 딱 한 번 타 봤을 뿐이었다. 그런데 왜 갑자기 그 말이 불쑥 튀어나왔는지 모르겠다. 시간을 되돌릴 수만 있다면 그때 아무 생각 없이 놀리던 자기 입을 꿰매 버리고 싶었다. 중학생이 됐다고 동생 앞에서 어른인 척하고 싶었던 걸까.

은별이는 새별이의 놀림과 부추김에 혼자 놀이기구에 올랐다. 평일에 휴가를 내고 놀이동산에 온 터라 엄마는 연신 거래처와 통화하느라 바빴다. 사고가 일어났던 그 순간에도 새별이, 은별이와 조금 떨어진 곳에서 엄마는 누군가와 통화하고 있었다.

아직도 두려움에 바르르 떨리던 은별이 어깨가 기억난다. 새별이도 그렇지만 은별이 역시 무서운 놀이기구 같은 건 잘 타지 못한다. 그럼에도 언니 보란 듯 큰소리 뻥뻥 치고 혼자서 놀이기구에 올랐다. 그리고…….

안전띠가 고장 났다는 걸 아무도 몰랐고, 누구도 운행하기 전 제대로 확인하지 않았다. 신나는 음악과 함께 놀이기구가 하늘 높이 날아오르는 순간, 은별이의 그 여리고 작은 몸은 힘없이 땅으로 떨어졌다.

눈앞에서 그 광경을 지켜보던 새별이는 너무 놀라 그 자리에서 기절하고 말았다. 정신을 차려 보니 병원이었고, 은별이는 보이지 않았다. 국내 최고의 병원이란 곳에서 급히 수술을 진행했지만 머리를 크게 다쳤고, 이렇게 1년 가까이 깨어나지 못하고 있다.

가뜩이나 충격받은 새별이를 더 힘들게 했던 건 은별이에 대해 제대로 알지도 못하는 사람들이 아무렇게나 내던지던 말들이었다. 쓰레기통에나 처박혀 버려야 할 그 악취 진동하던 말들이 아직도 가끔 머릿속을 떠다닌다. 내색하진 않았지만, 엄마 역시 그 말들에 분명 큰 상처를 받았을 거다. 아무 잘못 없는 엄마를 탓하는 글들도 많았으니까.

　과거의 기억이 스멀스멀 기어 나와 새별이를 괴롭혔다. 그토록 보고 싶은 동생이지만, 은별이를 보고 있으면 죄책감과 함께 그날의 고통스러운 기억이 어김없이 떠오르고 만다. 그러니 얼른 이 자리를 벗어나고만 싶다. 다행히 엄마도 그만 집으로 돌아갈 생각인 것 같았다. 엄마가 할머니에게 말했다.

　"먼 데 다녀와서 피곤할 텐데 그만 가서 쉬어요. 저도 가서 할 일도 있고."

　"평일에도 모자라서 주말까지 일을 끌어안고 온 거야?"

　"아니, 회사 일 말고. 개인적인 볼일."

　할머니는 엄마 말을 믿지 않는 것 같았지만 그만 속아주기로 한 것 같다.

　"그래, 이만 가자꾸나. 선생님, 고생스럽겠지만 우리 손녀 잘 부탁해요."

할머니가 간병인에게 고개를 푹 숙이며 은별이를 부탁했다. 그러고는 은별이 손을 꼭 쥐고 말했다.

"은별아, 다음 주에 또 보자. 그때는 새끼손가락이라도 좋으니까 조금이라도 움직여 보렴. 사랑한다, 우리 손녀."

할머니가 엄마와 함께 병실을 나섰다.

'은별아, 잘 있어.'

새별이도 은별이에게 속으로 인사한 뒤 그 뒤를 따랐다.

새별이는 엄마와 다시 단둘이 차에 타지 않게 된 것만으로도 마음이 놓였다. 할머니 집은 새별이네와 버스로 두 정거장 거리밖에 안 된다. 할머니는 새별이 대신 조수석에 올라탔다. 그러고는 차가 출발하자마자 성지 순례 다녀온 이야기를 맛깔나게 풀어놓았다.

할머니는 타고난 이야기꾼이다. 같은 이야기를 몇 번씩 반복해도 들을 때마다 새롭다. 새별이는 엄마와의 불편했던 관계는 잊고 앞좌석 사이로 고개까지 쑥 내밀어 할머니 이야기에 귀를 기울였다. 솔직히 성지 순례보다 먹는 이야기에 더 솔깃했다. 그리고 언젠가 이탈리아에 가서 젤라또

랑 티라미수 케이크를 꼭 먹고야 말겠다고 다짐했다. 그때
는 은별이가 옆에 있길 바라면서.

차는 어느새 한강 다리 앞에 이르렀다. 뒤에서 봐도 엄
마 어깨가 잔뜩 긴장했다는 게 느껴졌다. 핸들을 얼마나
꽉 쥐었는지 두 주먹 위로 퍼런 핏줄이 튀어나와 있었다.
할머니가 핸들을 잡은 엄마 손 위에 가만히 자기 손을 포
개 얹었다. 엄마 어깨가 조금 편안해진 것처럼 보였다. 다
큰 어른이 돼서 이깟 한강 다리 좀 건너는 게 뭐가 무서운
지. 새별이는 이런 엄마가 잘 이해되지 않았다.

참 이상한 일이었다. 엄마는 한강 다리를 건널 때마다
저렇게 잔뜩 긴장했다. 물론 은별이가 병원에 입원하기 전
까지는 엄마가 그렇다는 걸 깨닫지 못했다. 곰곰이 떠올려
보면 엄마가 직접 운전해서 한강을 가로질러 갔던 적이 별
로 없었던 것 같다. 할머니 집도 새별이네처럼 강 위쪽에
있고, 조금 먼 곳에 갈 때는 지하철이나 KTX 같은 교통수
단을 이용했으니까.

그런데 이제 은별이를 만나려면 늘 엄마가 운전하는 차
를 타고 한강 다리를 건너야 한다. 은별이 병을 낫게 해 줄
가장 좋은 병원이 강 아래쪽에 있어서다. 차로는 사십 분

정도 거리지만, 대중교통을 타면 지하철과 버스를 몇 번 갈아타야 해서 두 시간 가까이 걸린다. 할머니가 병원에 함께 가는 날도 많으니 엄마가 운전할 수밖에 없다.

'엄마한테 내가 모르는 물 공포증 같은 게 있었나.'

주말마다 이 다리를 지나며 새별이는 한 번씩 궁금해졌다. 하지만 엄마한테 대놓고 물어보지는 않았다.

"새별이는 할머니네서 자고 갈래? 너 주려고 바티칸에서 선물도 사 왔는데."

할머니가 집 앞에 다다랐을 때 꺼낸 이 말이 새별이를 얼마나 기쁘게 했는지 모른다. 새별이는 일 초도 고민하지 않고 바로 좋다고 대답했다. 엄마도 할머니 말을 반가워하는 눈치였다. 새별이가 집에 없는 게 더 편한 걸까. 1년이나 지났지만, 아직도 새별이에 대한 원망은 사라지지 않은 걸까. 하긴 은별이 사고가 새별이 때문이라는 걸 엄마도 알고 있을 테지.

엄마는 미련 없이 차를 몰고 떠났다. 새별이는 서운함이 밀려왔지만, 내색하지 않고 할머니 집으로 들어갔다.

할머니네 집은 작은 마당이 있는 단독 주택이다. 마당에 꽃이 한가득 피어 있다. 바쁘게 일하던 엄마 대신 할머니가 어린 새별이와 은별이를 돌봤고, 둘은 늘 이곳에서 뛰어놀았다. 어릴 때는 무척 커 보이던 마당이 지금은 그리 커 보이지 않는다는 점만 달라졌을 뿐, 할머니네 집은 예전이나 지금이나 변함없다. 그래서 이곳에 오면 행복했던 어린 시절로 돌아간 것 같아 마음 한구석이 따뜻해진다.

새별이는 꽤 오랜만에 찾은 할머니 집을 찬찬히 둘러봤다. 낡은 가구마저 할머니 손때가 묻어 있어 포근하게 느껴졌다. 할머니는 새별이가 좋아하는 비빔국수를 만들기 위해 곧장 부엌으로 갔다.

그사이 새별이는 은별이랑 틈날 때마다 숨어 놀던 다락방에 올라갔다. 이곳은 둘의 비밀 장소다. 소위 말하는 아지트. 비스듬히 기울어진 천장과 조그마한 창문만으로도 이곳은 신비롭고 비밀스러운 분위기를 풍기기에 충분했다. 여기서 은별이랑 책도 읽고, 그림도 그리고, 인형 놀이도 하고, 때로 다투기도 하고. 모든 걸 함께 했다.

이제는 올라오는 사람이 없는지 온갖 짐들이 가득 들어차 있었다. 예전의 그 신비롭고 비밀스러운 분위기는 조금도 느껴지지 않았다. 똑바로 일어서면 머리가 천장에 닿아 고개도 조금 숙여야 했다.

"완전 창고로 변했네."

잠시 은별이와의 추억에 젖고 싶었던 새별이는 이내 마음을 접었다. 몸을 돌려 나무 사다리를 내려가려는데, 구석에 튀어나와 있는 무언가가 눈에 들어왔다. 빨간 가죽으로 덮인 책이었다. 그 책은 마치 나 좀 봐 달라는 듯 높이 쌓인 책 사이에서 삐죽 튀어나와 있었다. 왠지 호기심이 동해 조심스레 책을 꺼내 보았다. 빨간 가죽 위로 뽀얗게 먼지가 내려앉아 있었다. 가만 보니 책이 아니라 오래된 앨범이었다.

"할머니 건가?"

새별이는 진귀한 보물이라도 되는 듯 조심스레 앨범을 넘겨 보았다. 그러다 그만 깜짝 놀라고 말았다. 하마터면 들고 있던 앨범을 바닥에 떨어뜨릴 뻔했다.

"이, 이 아이는……."

도플갱어다. 꿈에서 본, 새별이와 닮은 도플갱어가 사진 속에 있었다. 그것도 새별이가 꿈에서 봤던 것과 같은 단발머리에, 자주색 교복을 입고서.

새별이는 앨범 앞장을 다시 넘겨 보았다. 먼지가 앉은 부분을 소매로 쓱쓱 닦아 내렸더니 '양미선의 추억 앨범,

최고로 행복한 순간'이라는 글씨가 보였다.

"도플갱어가…… 엄마였어!"

깜짝 놀란 새별이는 빠르게 앨범을 넘겨 보았다. 앨범에는 엄마의 고등학교 시절 모습이 빼곡히 담겨 있었다. 그러다 곧 새별이 눈길이 엄마 옆에 있는 친구에게 꽂혔다.

"어! 이 사람도 꿈에서 봤는데……."

엄마와 친구는 떡볶이를 하나씩 들고 세상 행복은 다 가졌다는 듯 활짝 웃고 있었다. 뒤편으로 '올래 분식'이라는 가게 간판이 보였다.

"아, 여기가 올래 분식이구나. 이 떡볶이 진짜 맛있겠다."

국물이 자작한 새빨간 떡볶이가 먹음직스러워 보였다. 스마트폰을 꺼내 재빨리 올래 분식을 검색했다. 하지만 이미 사라졌는지 나오지 않았다.

"아쉽다. 아라랑 같이 가 보려고 했는데."

새별이는 천천히 앨범을 넘겨 보았다. 앨범을 한 장, 한 장 넘길 때마다 어김없이 엄마 친구가 등장했다. 새별이는 자신과 아라처럼 사진 속 인물이 엄마의 단짝이라는 걸 어렵지 않게 짐작할 수 있었다.

한참 흥미롭게 앨범을 보고 있는데, 어느 순간 사진이 붙어 있지 않았다. 앨범은 아직 반 넘게 남아 있고, 고등학교를 졸업한 것도 아닌데 맥락 없이 갑자기 뚝 끊겼다.

"이상하네. 사진이 더 있을 것 같은데. 정리를 안 했나? 아니면 다른 앨범으로 옮겼나?"

새별이는 고개를 갸우뚱하다 앨범을 덮었다. 그러다 문득 진짜 이상한 사실 하나를 깨달았다.

"가만……. 그런데 내가 어떻게 엄마 고등학교 때 얼굴을 알고 있지?"

새별이는 지금껏 고등학교 시절 엄마의 사진을 본 적이 없다. 그런데도 꿈에서는 마치 사진을 찍은 것처럼 엄마의 옛 모습이 그대로 나왔다.

"게다가 엄마 단짝은 만나 본 적도 없는데?"

엄마가 고등학교 때 누구랑 가장 친했는지 새별이는 모른다. 지금껏 만난 적도, 심지어 이름조차 들어 본 적 없다. 그런데 그런 사람이 꿈속에 등장했다. 그것도 30여 년 전 모습 그대로.

"이거 진짜 미스터리잖아. 대체 어떻게 된 일이지?"

연휘의 관심을 온통 빼앗고 있는 미스터리한 일이 새별

이에게 일어난 것만 같았다. 피라미드나 UFO의 미스터리는 풀지 못하지만, 자신에게 일어난 이 미스터리는 스스로 풀고 싶다는 생각이 들었다. 새별이는 얼른 엄마 앨범을 챙겨 1층으로 내려왔다.

"마침 부르려고 했는데 내려왔네. 양념이 아주 매콤하게 잘됐으니까 얼른 먹어 봐라."

아래층에서는 할머니표 비빔국수가 완성돼 있었다. 구수한 참기름 냄새와 매콤한 김치 냄새가 솔솔 풍겨 왔다. 입속에 절로 침이 고였다. 당장이라도 달려가 비빔국수를 한 입 호로록 먹고 싶었다. 하지만 손에 든 묵직한 앨범이 새별이를 멈춰 서게 만들었다. 새별이는 대단한 보물이라도 발견한 것처럼 할머니를 보고 호들갑을 떨었다.

"짠! 할머니, 내가 다락방에서 뭘 발견했는지 알아?"

할머니가 새별이 장단에 맞장구를 쳐 주었다.

"글쎄, 대체 뭘 발견했기에 우리 새별이가 이렇게 들떴을까? 몰래 숨겨 놨던 세뱃돈이라도 찾았나?"

"아니, 이것 좀 봐 봐."

새별이가 할머니 눈앞에 앨범을 내밀었다. 할머니가 뭔지 모르겠다는 듯 고개를 갸웃했다.

"이게 뭐냐?"

"엄마 고등학교 시절 앨범. 여기 엄마 사진 엄청 많던 데?"

"아니, 그, 그걸 어떻게……."

할머니가 허둥대며 새별이 앞으로 다가왔다. 그러고는 앨범을 빼앗듯 들며 빠르게 넘겨 보았다.

"세상에, 이게 다락방에 있던?"

"응, 엄마 고등학교 때 사진은 처음 봐. 근데 이 친구는 누구야? 엄마랑 엄청 친한 것 같은데, 한 번도 얘기 들은 적 없어서. 요즘은 안 만나나 봐. 어른 되면 단짝도 바뀌나?"

할머니가 눈에 띄게 당황해하며 앨범을 탁 소리 나게 덮었다.

"단짝은 무슨. 그, 그냥 엄마랑 잠깐 어울렸던 친구야."

그러더니 엄한 목소리로 말했다.

"행여라도 이 앨범 봤다는 소리 네 엄마한테 하지 마라. 이 친구에 대해 지금처럼 묻지도, 궁금해하지도 말고."

새별이는 처음 보는 할머니 모습에 더는 아무 말도 하지 못했다. 풀지 못한 미스터리가 남은 것 같아 답답한 기분마저 들었다. 이래서 연휘가 그렇게 골똘히 피라미드 모형을 보고 있었던 걸까.

　"앨범은 제자리에 갖다 놓고, 국수 붇기 전에 얼른 먹으렴."

　할머니가 다시 평소의 표정을 되찾으며 다정하게 말을 건넸다. 새별이는 고개를 끄덕이고는 다락방으로 올라갔다. 하지만 할머니 말을 모두 듣지는 않았다. 엄마랑 단짝이 찍은 사진 한 장을 몰래 챙겨 주머니 속에 숨겨 두었으니까.

꿈을 걷는 소녀

털어놓은 고민

사진 속에서 본 교복 입은 엄마가 보였다. 교복에 붙은 이름표를 보니 '양미선'이라고 똑똑히 쓰여 있었다.

'역시 엄마가 맞았어.'

엄마는 이제 막 학교에서 돌아왔는지 할머니 집으로 들어가려 했다. 지금이다. 엄마가 대문으로 사라지기 전에 말이라도 한번 걸어 보고 싶었다. 막 엄마를 부르려는데, 나보다 한발 빠른 사람이 있었다.

"미선아."

낮고 가냘픈 목소리. 소리가 난 쪽으로 고개를 돌리니 처음 보는 아줌마가 서 있었다. 머리를 빗지 않았는지 부스스 풀어 헤친 머리에 화장기 없이 창백한 얼굴이었다.

입술도 심하게 부르터 금방이라도 쓰러질 것처럼 보였다. 아줌마를 보고 엄마 얼굴이 하얗게 질렸다. 아줌마가 엄마에게 천천히 다가오며 힘겹게 말을 뱉었다.

"너는…… 학교에 갔구나."

이제 엄마는 금방이라도 울음을 터트릴 것 같은 얼굴이 됐다. 엄마가 입술을 꽉 깨물고 아줌마의 눈길을 피했다. 하지만 아줌마는 말을 멈추지 않았다.

"왜 그랬니? 하필 그날 왜 그랬어……? 너만 아니었어도 우리 희연이가…… 어흐흑."

아줌마는 말을 채 잇지 못하고 주저앉아 울음을 터트렸다. 엄마보다 아줌마가 먼저 울음을 터트릴 거라는 건 예상하지 못한 일이었다.

"왜, 왜, 대체 왜에에……."

아줌마가 주먹으로 자기 가슴을 치며 서럽게 울었다. 지켜보는 나조차 그 슬픔에 전염될 것만 같았다. 아줌마를 따라 엄마도 끝내 울음을 터트렸다.

"죄, 죄송해요……. 죄송해요, 아줌마……. 끅끅."

엄마가 우는 모습을 보니 울컥했다. 저 아줌마가 대체 누구이기에 엄마가 이렇게 쩔쩔매는 걸까. 무슨 사연인지 몰라도 엄마를 울린 아줌마가 미웠다. 뭐라고 한마디 따지려는데, 갑자기 대문이 벌컥 열리며 다급히 외치는 소리가 들렸다.

"지금 뭐 하시는 거예요?"

할머니였다. 얼마나 급하게 나왔는지 신발도 신지 않은 맨발이었다. 지금과 달리 머리가 새까맣고, 주름 하나 없는 얼굴이지만 할머니를 금방 알아볼 수 있었다. 할머니가 울고 있는 아줌마에게서 보호하려는 듯 엄마를 두 팔로 꽉 안았다. 할머니 품에 안긴 엄마는 자그마한 병아리처럼 몸을 심하게 떨었다. 할머니가 숨을 훅 내쉬더니 힘겹게 말을 꺼냈다.

"우리 애가 뭘 잘못했다고 이래요? 미선이도 지금 간신히 버티고 있다고요. 제발, 제발…… 그만하세요."

마지막에는 할머니도 애써 울음을 삼키는 것 같았다.

"으흐흐흑. 내가 이대로는 억울해서 못 살아. 내가 어떻게 살아. 우리 희연이 그렇게 보내고 내가 어떻게……."

아줌마가 땅바닥을 치며 더욱 서럽게 울었다.

✳

새별이가 눈을 번쩍 떴다. 사방이 캄캄하다. 얼른 손을 더듬어 스마트폰을 찾았다. 새벽 4시가 조금 넘은 시각이었다.

새별이 눈에 어느새 눈물이 흘러내려 있었다. 새별이는 얼른 눈물을 훔쳤다. 꿈에서 서럽게 울던 아줌마를 봐서일까. 아니면 떨면서 울던 어린 엄마 때문일까. 슬픔으로 가슴이 먹먹했다.

고작 꿈 때문에 이렇게 감정이 요동치다니. 알다가도 모를 일이었다. 더 의아한 건 새별이는 알지도 못하는 엄마의 옛 모습이 꿈에 자꾸 나온다는 것. 이번에는 할머니와 난생처음 보는 아줌마까지 나왔다.

'엄마에게 내가 모르는 뭔가가 있는 걸까…….'

그게 뭐든 알아서는 안 될 비밀일 것 같다는 예감이 들었다. 하지만 그럴수록 엄마의 비밀이 뭔지 알고 싶었다. 한편으로 도무지 이해할 수 없기도 했다.

'대체 왜 자꾸 이런 이상한 꿈을 꾸는 거야.'

새별이는 자기 꿈의 비밀도 알고 싶었다. 처음에는 마치 영화나 드라마처럼 현실에 존재하지 않는 혼자만의 상상이 꿈으로 펼쳐진 거라 여겼다. 하지만 엄마의 앨범을 본 뒤 생각이 바뀌었다. 새별이가 꿈에서 본 일이 어쩌면 과거에 있었던 엄마의 진짜 현실이었을지 모른다는 말도 안 되는 생각마저 들었다.

그렇다면 문제는 더 꼬인다. 대체 자신이 태어나기도 훨씬 전에 일어난 일을 꿈에서 어떻게 그렇게 생생하게 볼 수 있단 말인가.

새별이는 머릿속 생각이 뒤죽박죽 엉켜 잠에서 깬 뒤 한숨도 자지 못했다. 꿀 같은 주말에 늦잠도 제대로 못 자다니. 괜히 억울한 마음이 들었다. 새별이는 이 답답함을 풀어 줄 사람을 떠올렸다. 한 사람뿐이었다.

어제 할머니가 보인 반응으로 봐서는 할머니에게 무언가 다시 묻는다 해도 대답을 피할 게 뻔했다. 게다가 할머니는 어젯밤 꿈에 처음 나왔을 뿐이다. 새별이 꿈의 주인공은 분명 엄마다. 그러니 엄마에게 물어야 했다.

더는 지체하고 싶지 않았다. 새별이는 자리에서 벌떡 일어났다. 이제 막 해가 떠오르고 있었지만 상관없었다. 어제 입고 온 옷을 주워 입고 얼른 밖으로 나갔다. 집 안이 조용했다. 할머니 방 문을 열어 봤지만, 할머니는 어디로 갔는지 보이지 않았다. 현관문을 열고 마당에 나가 보았다. 할머니가 꽃에 물을 주고 있었다. 일찍 일어난 새별이를 보고 할머니가 놀라 물었다.

"어이쿠, 우리 잠꾸러기가 어쩐 일로 이렇게 일찍 일어났을꼬?"

"이상한 꿈을 꿔서 일찍 깼어."

"잠자리가 바뀌어서 그런가. 왜, 악몽이라도 꾼 거야?"

"아니, 그런 건 아니고. 그게……."

새별이는 할머니에게 지난밤 꿈 이야기를 꺼내려다 말았다. 일단 엄마에게 먼저 확인해 보고 싶었다.

"할머니, 나, 숙제할 게 있는데 깜빡했거든. 얼른 집에 가야겠어."

"으응? 이렇게 일찍? 너랑 요 앞 재래시장 가서 부침개도 사 먹고 오랜만에 데이트하려고 했는데."

"미안. 다음에 다시 올게."

"아침밥이라도 먹고 가. 할머니가 얼른 차려 줄 테니까."

할머니가 못내 아쉬운 표정을 감추지 못하고 집 안으로 들어갔다. 할머니에게 조금 미안했지만, 그래도 오늘은 어쩔 수 없다. 대체 자신이 왜 그런 이상한 꿈을 꾸는지 궁금해 미칠 것 같으니까.

꼭두새벽부터 등장한 새별이를 보고 엄마가 헛것이라도 봤다고 생각했는지 눈을 비볐다. 늘 단정하고 완벽한 모습만 보다가 멍한 표정을 짓는 엄마가 조금 웃기면서 귀여웠다.

'맞아, 엄마한테도 저런 표정이 있었지.'

새별이는 피식 웃음이 새어 나오려는 걸 간신히 참았다. 엄마가 물었다.

"왜 이렇게 일찍 왔어? 할머니랑 더 시간 보내다 오지."

"뭐, 그냥. 숙제할 것도 있고, 또 이상한 꿈도 꾸고 그래서……."

"꿈?"

엄마에게 꿈에서 본 장면을 그대로 이야기할까 하다 멈칫했다. 만약 새별이가 정말로 엄마의 과거를 꿈에서 본 거라면, 엄마에게 별로 유쾌한 기억은 아닐 것 같았다. 게다가 새별이가 태어나기도 전의 일이 꿈에 나왔다고 하면 이상하게 여길 게 뻔했다.

'아라였다면 이럴 때 어떻게 할까.'

평소라면 단도직입적으로 물었을 테지만, 왜인지 이번에는 그러면 안 될 것 같아 절로 조심스러워졌다. 새별이는 혼잣말인 듯 엄마를 향한 물음인 듯 헷갈리는 말을 먼저 뱉어 보았다.

"아라는 지금 뭐 하려나."

"뭐 하긴. 아라도 너처럼 잠꾸러기니까 아직 자겠지."

"하긴, 친구끼리 닮는다는 말도 있으니까."

새별이가 잠시 뜸을 들이다 물었다.

"엄마는 학교 다닐 때 단짝 친구 없었어? 예전에도 어릴 때 친구 이야기 한 적 없는 것 같아서."

예전이라면 은별이 사고 전, 그러니까 새별이와 엄마가 세상 둘도 없이 사이좋은 모녀일 때 이야기다. 새삼 자신에게 무언가를 묻는 새별이가 의아한 듯 엄마가 잠시 놀란 표정을 지었다. 그러다 곧 대수롭지 않게 대꾸했다.

"글쎄, 학년 올라갈 때마다 친했던 친구가 바뀌어서."

엄마가 애매모호한 대답을 내놓았다.

"고등학교 때는? 선생님이 그러는데 고등학교 친구가 평생 간대. 그때 친했던 친구가 있을 거 아냐."

"뜬금없이 왜 그런 걸 물어?"

꿈을 걷는 소녀

조금 전과 달리 엄마 반응이 조금 날카로웠다. 엄마는 새별이 물음에 대답하지 않고 휙 돌아서 주방으로 갔다. 그러고는 물을 쏴아아 틀고 설거지를 시작했다. 그릇들이 덜그럭거리는 소리가 왠지 신경질적으로 들렸다. 흐르는 물 사이로 엄마 목소리가 새어 나왔다.

"잠 못 잤을 텐데, 싱거운 소리 그만하고 들어가 자. 엄마도 어제 늦게까지 일해서 피곤해."

차가운 엄마 뒷모습을 바라보는데 새별이 마음이 아려 왔다.

'여전히 나랑은 이야기하고 싶지 않은 걸까.'

새별이는 상처받은 마음을 숨기려 부러 크게 소리쳤다.

"나도 싫어. 엄마랑 이야기하고 싶지 않다고!"

엄마가 새별이를 휙 돌아봤다.

"너, 엄마한테 그게 무슨 말버릇이야?"

엄마도 단단히 화난 표정이었다. 새별이는 아무런 대꾸도 하지 않고 그대로 방문을 쾅 닫고 들어와 버렸다. 침대에 드러누워 이불을 머리끝까지 푹 뒤집어썼다. 울고 싶지 않았는데 저도 모르게 눈물이 났다. 엄마랑 친했던 친구가 누구였는지 물은 게 그렇게 큰 잘못인가.

'차라리 대놓고 원망을 해. 아무것도 모르는 것처럼 애써 꾸미지 말고. 그럼 내가 이렇게 비참하지는 않을 거야.'

속으로는 새별이를 원망하고 있으면서, 은별이 사고가 다 새별이 탓이라고 생각하고 있으면서, 그래서 딸이 죽도록 미우면서 아닌 척하는 엄마가 새별이는 더 견디기 힘들었다.

'아무리 엄마가 감추려 해도 지금처럼 그 마음이 튀어나오는걸. 봐, 나랑은 어떤 이야기도 길게 나누고 싶지 않잖아.'

은별이 사고 뒤로 새별이를 대하는 엄마의 태도는 달라졌다. 새별이의 일상을 하나부터 열까지 시시콜콜 물어보고, 아무리 시시한 말이라도 무조건 귀 기울여 주고, 늘 새별이 편이 되어 주던 엄마는 이제 없었다.

엄마는 그 사고 뒤로 말수가 줄었고, 표정이 사라졌다. 처음에는 감당하기 힘든 슬픔 때문이라고 여겼다. 하지만 새별이는 시간이 흐를수록 어쩌면 엄마가 자신을 원망하고 있어서는 아닐까 하는 의심이 커졌다. 할머니나 용진이 아줌마를 대할 때의 엄마는 전과 크게 달라진 게 없어 보였으니까.

꿈을 걷는 소녀

하지만 새별이에게만큼은 늘 일정한 거리를 두는 것처럼 느껴졌다. 전에는 단 한 번도 느껴 보지 못한 감정이었다. 안 그래도 은별이 사고가 모두 자기 탓인 것만 같다고 느끼던 새별이었다. 그때 은별이에게 겁쟁이라고 놀리지만 않았어도, 그 놀이기구를 타 보라고 부추기지만 않았어도 그런 끔찍한 사고가 났을 리 없으니까.

그러다 어느 날 문득, 엄마 역시 새별이 때문에 사고가 났다는 걸 모를 리 없을 거라는 데 생각이 미쳤다. 중학생이 됐으니 이제 동생을 잘 돌볼 거라고 믿었겠지. 새별이는 엄마의 그 믿음을 배신했다. 그래서 새별이 역시 거리를 두는 엄마에게 선뜻 다가가지 못했다. 그렇게 둘은 자꾸만 엇나갔고, 한 번씩 크게 부딪쳤다. 바로 지금처럼.

아이들은 월요일이 가장 싫다지만 새별이는 아니다. 차라리 학교에 가는 게 마음 편하다. 오늘도 늘 그렇듯 사거리 편의점 앞에서 아라를 만났다. 아라에게 어제 엄마 때문에 속상했던 이야기를 하고 싶었다. 자신이 꾼 이상한 꿈 이야기도 하고 싶었다. 그런데 아라 얼굴을 보자 막상 입이 떨어지지 않았다.

'아라가 꿈 이야기는 듣기 싫다고 했는데…….'

며칠 전 다소 화난 표정을 짓던 아라 얼굴이 떠올랐다. 아라는 지금도 그리 기분이 좋아 보이지 않았다.

'역시 안 되겠지?'

새별이와 아라는 평소와 달리 겉만 뱅뱅 도는 이야기를 주고받았다. 그러다 어느 순간 그마저도 끊겼다. 새별이 머릿속에는 온통 이상한 꿈에 대한 생각뿐이었다. 아라도 아라대로 혼자만의 생각에 빠진 것처럼 보였다. 둘은 조용히 학교로 향했다. 그사이 마용진이 옆을 스쳐 지나갔다. 하지만 마용진 역시 무슨 생각에 빠져 있는지 새별이와 아라에게 인사도 없이 지나쳐 갔다.

'쟤는 또 왜 저래?'

새별이는 잠시 마용진 뒷모습을 바라보며 고개를 갸웃했다. 하지만 마용진에 대한 생각이 그리 오래가지는 않았다. 지금은 마용진까지 신경 쓸 여유가 없으니까.

새별이는 수업 시간에도 도통 집중할 수가 없었다. 풀리지 않는 의문이 꼬리에 꼬리를 물고 이어졌다. 답답해진 나머지 머릿속에 떠오르는 의문을 공책에 두서없이 끄적거렸다. 남들이 보면 열심히 필기하는 줄 알 테지.

꿈을 걷는 소녀

엄마가 나오는 꿈. 왜 자꾸 반복되지?

난 엄마의 고등학교 시절 따위는 모른다고!

그 친구는 대체 누구?

그 아줌마는 또 왜······.

옛날 TV, 옛날 영화······. 타임 슬립? 도플갱어 X.

"뭘 그렇게 열심히 적어?"

갑자기 끼어든 목소리에 빠르게 연필을 움직이던 새별이가 멈칫했다. 연휘가 호기심 어린 표정으로 새별이 공책을 보고 있었다. 새별이가 얼른 공책을 손으로 가렸다.

"왜 남의 공책을 훔쳐보고 그래?"

"내가 미스터리에 관심이 좀 많아서. 너도 알다시피."

연휘가 웃었다. 햇살처럼 싱그러운 웃음에 새별이는 잠시 넋을 놓고 연휘를 바라봤다. 그러다 이내 고개를 세차게 흔들었다. 하마터면 잘생긴 얼굴에 홀릴 뻔했다.

'정신 차려, 이새별. 잘난 껍데기에 속지 말자. 쟤는 미덕일 뿐이야. 특이하고 요상한 미덕.'

새별이는 속마음을 감추려 일부러 연휘에게 차갑게 쏘

아붙였다.

"그럼 계속 피라미드나 UFO에 관심 두시지. 내 일엔 신경 끄고."

새별이의 날 선 반응에도 연휘는 호기심을 거둘 생각이 없어 보였다.

"요즘 꿈 많이 꿔?"

연휘의 쓸데없는 호기심을 그냥 무시할까 하다 아라 쪽을 슬쩍 쳐다봤다.

'아라에게 당분간 꿈 이야기는 못 꺼내겠지?'

새별이는 연휘를 다시 바라봤다. 연휘 눈동자가 반짝반짝 빛났다. 마치 달콤한 젤리 앞에서 눈을 빛내는 아이 같았다. 도저히 이 눈빛을 무시할 수 없었다. 게다가 연휘는 말 그대로 미스터리 덕후 아닌가. 어쩌면 새별이에게 일어나고 있는 이 미스터리한 일을 해결할 실마리를 찾을 수 있을지 모른다.

"수업 중에 말하긴 좀 그런데."

"그럼 이따 수업 끝나고 잠깐 볼까?"

대놓고 따로 만나자고 말하기 쑥스러웠는데, 연휘가 먼저 말을 꺼내 줘 다행이었다.

꿈을 걷는 소녀

"좋아. 그럼 이따 큰 시장 골목에 있는 하하 분식에서 보자. 어딘지 알아?"

"전학 온 지 얼마 안 됐어도 이 동네 떡볶이 맛집은 이미 빠삭하게 꿰고 있지. 그 집 떡볶이 매콤해서 맛있더라."

잘됐다. 새별이도 주말 내내 떡볶이가 먹고 싶었으니까. 스트레스 받을 때는 매운 떡볶이가 최고다. 게다가 하하 분식은 학교에서 거리가 꽤 있어 새별이네 학교 아이들은 많이 찾지 않는 곳이다. 근처 떡볶이집도 있지만 일부러 먼 곳을 골랐다.

문제는 아라한테 어떻게 둘러대느냐 하는 것. 그냥 연휘를 만난다고 솔직히 털어놓을 수도 있다. 하지만 왠지 또 연휘를 좋아하냐는 오해를 받을 것 같아 망설여졌다. 그렇다고 아라에게 거짓말하고 싶지도 않았다. 단짝에게 숨기는 게 있다는 건 안 될 말이다.

'뭐라고 하지?'

새별이 고민은 뜻밖에도 아라 덕분에 쉽게 풀렸다. 아라가 수업이 끝나자마자 다가와 말했다.

"오늘은 너 먼저 가. 갑자기 독서 동아리 모임 한대."

책을 좋아하는 아라는 학교 독서 동아리 활동을 하고 있다. 평소라면 새별이도 도서관에서 책을 읽으며 한 시간쯤 기다릴 수도 있지만, 오늘은 아라 말이 반가웠다. 굳이 아라에게 거짓말하지 않아도 되니까.

"그래? 알았어. 그럼 내일 봐."

아라와 헤어진 뒤 새별이는 하하 분식으로 빠르게 걸음을 옮겼다. 시장 근처에 다다라서 골목 모퉁이를 막 도는데 저 앞에 마용진이 자전거를 타고 빠르게 가는 게 보였다. 그런데 뒷자리에 여자아이가 타고 있었다.

"뭐야, 마요네즈 이 녀석. 누님도 모르게 비밀 연애라도 하나?"

얼핏 뒷모습이 아라와 비슷해 보였다.

'참, 아라는 독서 동아리 모임 중이지?'

새별이는 시력 나쁜 자신이 잘못 본 거라고 여기고 대수롭지 않게 지나쳤다.

하하 분식 앞. 새별이는 곧장 들어가지 않고 문을 빼꼼 열어 재빨리 안을 휘둘러봤다. 혹시나 분식집 안에 아는 친구가 있을까 걱정했는데, 다행히 모르는 아이들뿐이었다. 연휘는 벌써 와서 한쪽 구석에 자리를 잡고 있었다. 짝 꿍이라 교실에서 늘 붙어 앉아 있지만, 처음으로 연휘와 단둘이 밖에서 만나니 조금 어색한 기분이 들었다.

"다리가 길어서 그런가. 빨리 왔네."

새별이는 어색함을 숨기려 일부러 썰렁한 농담을 던지면서 자리에 앉았다.

"떡볶이 3인분에, 모둠 튀김이랑 순대랑 꼬마 김밥 시켰어."

"뭐? 그 많은 걸 누가 다 먹어?"

"이 정도 다리 길이가 그냥 만들어진 건 아니야."

연휘가 긴 다리를 쭉 뻗으며 살짝 웃어 보였다. 그러고는 새별이 앞으로 몸을 바짝 내밀었다.

"음식 나오기 전에 빨리 말해 줘. 지금 네 머릿속을 어지럽히고 있는 미스터리."

정곡을 찌르는 연휘 물음에 새별이는 조금 놀랐다.

'미스터리 때문에 고민한다는 걸 어떻게 알았지?'

"내가 미스터리 덕후잖아. 일명 미덕. 내 주변에서 일어나는 미스터리는 바로 눈치챌 수 있다고."

'헉, 얘 독심술까지 할 줄 아나? 게다가 내가 미덕이라고 부르는 것까지 알고 있잖아.'

"뭐, 내가 미덕이긴 하지만 네 속마음을 읽는 독심술 같은 건 못 하니까 그런 표정 그만 짓고 얼른 털어놔 봐."

새별이는 속마음을 들켰다는 민망함에 헛기침을 '큼큼'
하고는 조심스레 말을 꺼냈다.

"그게 말이야, 내가 요즘 조금 이상한 꿈을 꾸고 있는
데…….."

한번 입을 떼자 그 뒤로는 말이 술술 이어져 나왔다. 연
휘를 안 지 이제 고작 일주일 가까이 지났을 뿐인데, 마치
오래 알던 친구처럼 편했다. 연휘가 조금 이상한 아이긴
하지만, 어쩌면 마용진 이후로 처음 남사친이 생길지도 모
르겠다는 예감이 들었다.

"미덕인 네가 보기에 어때?"

이야기를 마친 뒤 새별이가 조심스레 물었다. 연휘가 아
무리 미스터리 덕후라지만, 막상 털어놓고 보니 자신을 혹
시 이상한 아이라고 생각하지 않을까 조금 걱정이 됐다.
이야기를 하는 자신조차 도무지 말도 안 되는 일이라는 생
각이 들었으니까. 하지만 연휘는 단 한마디로 새별이의 걱
정을 눈 녹듯 사라지게 만들었다.

"진짜 흥미로운 이야기다."

다행이다. 적어도 머리가 이상한 아이라고 생각하진 않

꿈을 걷는 소녀

으니까. 새별이는 그제야 마음이 놓여 안도의 숨을 내쉬었다. 때마침 연휘가 시킨 어마어마한 음식이 나왔다.

"일단 먹고 얘기하자."

연휘가 떡볶이를 보더니 눈을 반짝 빛내며 말했다. 새빨간 양념을 두른 떡볶이를 보니 새별이도 절로 군침이 고였다. 둘은 누가 먼저랄 것도 없이 경쟁하듯 떡볶이를 먹어 치웠다.

연휘는 굉장한 대식가였다. 먹방 유튜브를 찍어도 되지 않을까 싶을 만큼. 심지어 그 많은 양을 먹고도 조금 부족해 보일 정도였다. 반면 새별이는 배가 터질 것처럼 빵빵하게 불렀다. 교복 치마 단추 2개 중 하나쯤은 풀고 싶은 심정이었다.

"나머지는 걸으면서 이야기하자."

연휘가 자리에서 일어섰다. 새별이도 마침 소화가 필요하던 참에 잘됐다 싶었다. 각자 빠르게 계산을 끝내고 밖으로 나왔다. 밖으로 나오니 시원한 가을바람이 얼굴을 간질였다. 새별이는 연휘와 천천히 발을 맞춰 걸었다. 둘은 자연스레 근처에 있는 호수 공원으로 발걸음을 옮겼다.

바로 오늘 아침까지만 해도 연휘는 그저 또라이 기질이

있는 미스터리 덕후일 뿐이었는데, 이렇게 나란히 걷고 있다는 게 믿어지지 않았다. 새별이는 새삼 어색함이 밀려왔다. 게다가 길을 지나는 사람마다 연휘를 흘끔흘끔 쳐다봐여간 불편한 게 아니었다. 하여튼 연휘는 외모든 취미든, 뭐든 튀는 아이다.

어느새 둘은 호수 앞에 다다랐다. 햇빛을 받은 호수가반짝반짝 빛났다.

"저런 걸 윤슬이라고 한대."

연휘가 침묵을 깨고 입을 열었다.

"윤슬?"

"응, 햇빛이나 달빛을 받으면 물결이 잔잔하게 일면서빛나잖아. 그게 윤슬이야."

"이름 참 예쁘다."

새별이는 잔잔하게 일렁이는 물결을 바라봤다. 복잡했던 마음이 차분하게 가라앉는 기분이 들었다. 얼마 뒤 연휘가 입을 열었다.

"너, 혹시 루시드 드림이라고 들어 봤어?"

"아니, 처음 듣는데."

"가끔 그런 사람이 있대. 꿈을 꾸는 동안 그게 꿈이라는 걸 분명하게 아는 사람."

"꿈이라는 걸 안다고?"

"응, 보통 꿈을 꾸는 동안에는 그게 꿈인지 모르잖아. 깨어나야 비로소 꿈이었다는 걸 뒤늦게 알아채지. 그래서 루시드 드림을 우리말로 자각몽이라고도 불러."

연휘는 미스터리 덕후답게 루시드 드림에 대한 설명을 술술 풀어놓았다. 그러고는 잠시 말을 멈춘 뒤 물었다.

"아까 네 얘기 듣는데 루시드 드림이 떠오르더라. 넌 어땠어? 꿈에서 어린 시절의 엄마를 보는 순간 그게 꿈이라는 걸 알았어?"

"음, 처음에는 꿈이라고 생각 못 한 것 같아. 그냥 도플갱어를 만났구나 싶었다니까. 잠에서 깨고 나서 그게 꿈이라는 걸 알았지. 그 뒤에는 엄마의 어린 시절이 나올 때마다 '아, 또 꿈을 꾸나 보다.' 느꼈어."

"처음엔 아니었지만, 지금은 일종의 루시드 드림을 꾸는 거네."

연휘가 가만히 고개를 끄덕였다. 새별이는 문득 궁금한 게 생겼다.

"그런데 루시드 드림을 꾸면 자기가 모르는 일도 막 꿈에 나오는 거야?"

"글쎄, 그런 이야기는 들어 보지 못했는데……."

이번에는 연휘도 설명이 막히는 모양이다. 새별이도 답답함이 밀려왔다.

"도무지 모르겠어. 대체 왜 내 꿈에 엄마의 어린 시절 얼굴이 그대로 나타나는지. 심지어 엄마 친구까지 실제 모습 그대로 나오잖아. 나는 단 한 번도 본 적 없던 모습인데. 게다가 꿈에서 벌어지는 상황들도 왠지 진짜 있었던 일처럼 느껴져. 엄마의 과거 얼굴이 그대로 나온다는 걸 알게 돼서일까."

"흠…… 그럴 수도, 아닐 수도 있겠지."

연휘가 손으로 턱을 문지르며 호수를 바라봤다. 그리고 또 자기만의 생각에 빠져들었다. 수업 시간에도 종종 보던 표정이다. 학교에서는 그저 쓸데없는 생각에 빠져 있다고 한심하다 여겼는데, 새별이 문제를 마치 자기 문제인 것처럼 함께 고민해 주는 모습이 고마웠다. 물론 그 고민이 미스터리가 아니었다면 이야기가 달라졌겠지만.

한참을 그러고 있던 연휘가 새별이를 돌아보며 입을 열었다.

"어쩌면 너에게 저 윤슬처럼 반짝이는 능력이 있을지도 몰라."

"뜬금없이 무슨 소리야?"

"예를 들어 다른 사람의 과거를 볼 수 있는 초능력 같은 거."

"뭐? 초능력?"

깜짝 놀란 새별이가 저도 모르게 목소리를 높였다. 이게 무슨 판타지 영화에나 나올 법한 소리란 말인가. 하지만 연휘는 자기 추측을 바꿀 생각이 없어 보였다.

"꿈의 비밀은 아직 밝혀지지 않은 신비한 영역이잖아. 꿈을 통해 그런 초능력을 발휘한다 해도 이상할 게 없지."

연휘를 만나 조금이라도 해결의 실마리를 찾을 수 있을 거라는 기대는 물거품처럼 사라져 버렸다. 아니, 실마리를 찾기는커녕 더 꼬여 버린 기분이다.

"좋아, 네 말대로 나에게 그런 능력이 있다 쳐. 그런데 왜 하필 나에게 그런 초능력이 생긴 건데? 그것도 갑자기? 난 이상한 거미한테 물린 적도 없고, 특별한 수련 같은 걸 받은 적도 없다고."

"글쎄, 그 미스터리는 이제부터 천천히 풀어 봐야지."

"하아……."

새별이 입에서 한숨이 새어 나왔다.

"그렇게 복잡한 표정 지을 거 없어. 원래 미스터리의 매력이 이런 거거든. 정답 없는 게임."

"난 정답 없는 게임은 싫어. 그래서 내가 수학이나 과학을 좋아하는 거야. 뭐든 분명한 게 좋다고."

"난 이미 정답이 정해져 있으면 재미없던데. 어른들이 늘 그러잖아. 내가 정해 놓은 길이 정답이다, 넌 그냥 이 길로 쭉 가기만 하면 된다. 으, 시시해. 따분해. 결말을 뻔히 아는 영화를 보는 기분이야."

새별이는 고개를 절레절레 저었다.

"그래, 과연 미덕다운 대답이다. 그만 가자. 정답 없는 게임을 하려니 머리 아프다."

새별이는 허탈한 마음을 감추며 그만 집으로 발길을 돌렸다.

꿈을 걷는 소녀

또 다른 꿈

아파트 정문으로 들어가는데 저 앞에 마용진이 자전거를 타고 가고 있었다. 이번에는 혼자다.

"야, 마요네즈!"

새별이는 큰 소리로 마용진을 불렀다. 마용진이 자전거를 멈추고 힐끗 뒤를 돌아봤다. 하지만 새별이와 눈이 마주치자마자 금세 눈길을 피했다.

'뭐야, 저 녀석. 나한테 진짜 뭔가 숨기는 게 있나 본데.'

새별이는 금세 장난기가 올라왔다. 새별이는 마용진에게 총총 달려가 어깨를 툭 쳤다.

"너, 아까 보기 좋더라!"

"으, 응? 뭐, 뭐가?"

마용진이 눈에 띄게 당황하며 말을 더듬었다. 낮고 굵은 목소리도 살짝 올라가 있었다.

"너, 여자 친구 생겼냐?"

새별이가 마용진 코앞으로 얼굴을 바짝 들이밀고 마용진 눈을 빤히 바라봤다.

"여, 여자 친구는 무슨……. 아닌데."

마용진이 얼른 눈길을 피하며 부인했다. 얼굴은 어느새 발갛게 물들었다. 새별이는 피식 웃음이 나왔다. 역시 마용진을 골려 주는 게 세상에서 가장 재밌다.

"아니긴 뭐가 아니야? 내가 다 봤는데!"

"뭘? 네가 뭘 봤는데?"

"아까 학교 끝나고 어떤 여자애 태우고 부리나케 달려가던 너. 대체 누구야? 우리 학교 교복 입고 있던데."

"그, 그냥 친구."

"치인구우? 너한테 내가 모르는 친구도 있냐?"

"엄마가 빨리 오래서. 먼저 갈게. 내일 보자."

마용진이 대답을 피하며 도망치듯 자리를 떠났다.

"저 녀석, 수상한데. 모태 솔로 마용진에게도 드디어 첫사랑이 시작되는 건가. 홋, 코흘리개가 연애도 하고. 다 컸

네, 다 컸어."

그동안 마용진을 좋아하는 여자아이들은 많았어도 마용진이 누군가를 좋아하는 건 본 적 없다. 새별이는 잘된 일이라 여기면서도 마용진이 자신에게 솔직히 털어놓지 않는 것이 조금 서운했다.

"우리 사이에 비밀은 없었는데……."

그러다 문득 자신도 지금 커다란 비밀 하나를 안고 있다는 게 떠올랐다. 그것도 무척 미스터리한 비밀.

새별이는 천천히 걸으며 아까 연휘가 했던 말을 곰곰이 생각해 봤다.

"내가 초능력자라고? 말도 안 돼."

지난 며칠 동안 꾸었던 꿈도 자세히 떠올려 봤다. 그러다 집에 막 들어선 순간, 지금껏 대수롭지 않게 여겼던 한 장면이 선명하게 떠올랐다.

"그래, 문! 문이 있었어!"

꿈에 엄마의 고등학교 시절이 나오기 전, 새별이는 늘 어떤 문을 열고 들어갔다. 희끄무레한 어둠 속. 분명 수많은 문이 새별이를 빙 둘러싸고 있었다. 그 가운데 가장 가까이 있던 문에서 빛이 새어 나왔고, 새별이는 무언가에 이끌리듯 그 문을 열었다. 그러자 바로 엄마의 과거 모습이 펼쳐졌다. 그 문은 마치 딴 세상으로 통하는 문 같았다.

"그 문은 대체 뭐지? 설마…… 그 문이 과거로 통하는 문인가?"

그전에 다른 꿈도 많이 꿨던 새별이다. 하지만 아무리 기억을 떠올려 봐도 지금까지 그런 문을 본 기억이 없었다. 꿈은 깨고 나면 금세 잊히니 기억을 못 하는 걸까.

"으아, 답답해! 서연휘 그 녀석은 괜히 이상한 소리를 해서 사람 심란하게 만들어."

새별이는 침대에 벌러덩 드러누워 허공에 대고 발을 마구 굴렀다. 그러다 곧 벌떡 일어나 고개를 흔들었다.

"이새별, 정신 차리자."

괜히 이상한 아이 말을 듣고 자신도 따라서 이상한 아이가 된 기분에 휩싸일 뻔했다. 대한민국에 사는 평범한 중학생에게 다른 사람의 과거를 보는 초능력 같은 게 있을 리가.

그때 스마트폰 알림이 울렸다. 모르는 번호로 문자가 와 있었다.

꿈을 걷는 소녀

오늘 밤은 나에게 초능력을 써 보는 건 어때?

"요즘 스팸 문자는 참 창의적으로도 온다."

단순한 스팸 문자라 여기고 무시하려다 갑자기 화들짝 놀라 문자 내용을 다시 살펴봤다. '초능력'이라는 글자가 눈에 확 들어왔다.

"뭐야, 이거 설마 서연휘가 보낸 거야?"

곧장 답문을 보냈다. 연휘만 알아들을 수 있게 딱 한마디만.

혹시 미덕?

바로 답장이 날아왔다.

응, 잘 자. 내 꿈 꿔.

"젠장!"

마용진을 뛰어넘는 느끼한 말에 새별이는 입에서 쌍욕이 튀어나오려는 걸 간신히 참았다. 문자 내용으로 미루어

짐작건대 연휘는 새별이에게 초능력이 있다고 철석같이 믿고 있는 것 같다. 아니, 믿고 싶은 거겠지.

안 그래도 미스터리한 일에 관심 많은 연휘에게 이보다 흥미진진한 일이 또 있을까. 어쩌면 UFO나 피라미드보다 훨씬 더 흥미로울지 모른다. 바로 옆에서, 그것도 자기 짝꿍이 미스터리의 주인공일지도 모르니까.

새별이는 잘 알지도 못하는 연휘에게 괜한 말을 털어놓았다는 생각에 후회가 밀려왔다. 자신은 머리 싸매며 고민하는 문제를 연휘가 단순히 호기심거리로 접근하는 것 아닌가 싶어 기분도 상했다. 게다가 더 황당한 건 자기 꿈을 꾸라는 연휘의 마지막 말이었다. 꿈에서 다른 사람 과거를 볼 수 있다는 사실도 믿을 수 없는데, 어떻게 연휘의 과거를 콕 집어 마음대로 볼 수 있다고 생각하느냔 말이다. 도무지 말이 되지 않았다.

그때 또다시 스마트폰이 울렸다. 이번에도 연휘가 쓸데없는 말을 하면 한바탕 욕을 뱉어 줄 생각이었다. 새별이는 전투에 나가는 장군처럼 잽싸게 스마트폰을 열었다.

엄마, 일이 많아서 늦어.

문단속 잘하고 먼저 자.

문자의 주인공은 연휘가 아니었다. 전투력을 활활 끌어올리던 새별이는 갑자기 기운이 쭉 빠졌다. 요즘 엄마는 일에 더 몰두하는 것 같다.

새별이는 먼저 자라는 엄마 말과 달리 침대에 누워 뒹굴뒹굴하며 엄마를 기다렸다. 하지만 그리 오래 지나지 않아 스르르 잠이 들어 버렸다.

❋

호수 위로 윤슬이 반짝였다. 내 마음에도 따스한 햇살이 반짝 들어오는 것 같았다. 뽀송뽀송한 이불을 덮고 있을 때처럼 기분이 좋았다. 천천히 호수 주변을 도는데, 저 멀리 연휘가 보였다. 반가운 마음에 연휘를 부르려다 멈칫했다. 연휘 앞에 긴 머리를 반으로 묶은 여자아이의 뒤통수가 보였다. 누군지 궁금해 조금 더 가까이 다가가 보았다. 긴 머리 아이는 뜻밖에도 아라였다.

'둘이 언제부터 저렇게 친했지? 밖에서 따로 만날 정도

인가.'

괜스레 마음이 이상했다. 그러다 피식 웃음이 나왔다.

'참, 이거 꿈이지?'

호수 앞에 이르기 전, 밝게 빛나는 문을 열고 들어온 참이다. 엄마의 과거가 나오는 꿈을 꿨을 때와 같았다. 물론 그때 들어갔던 문이 아닌 다른 문으로 들어왔다. 이번에도 역시 수많은 문 가운데 한 곳에서만 빛이 새어 나왔고, 나도 모르게 이리로 이끌려 들어온 것이다.

바로 가서 둘에게 아는 척을 하려다 멈칫했다. 아무리 꿈이라지만, 왠지 둘 사이를 방해하는 것 같았다. 그렇다고 휙 돌아서 가지도 못하고 있는데, 연휘와 눈이 마주쳤다. 나를 알아본 연휘가 곧장 나에게로 달려왔다.

"또 만났네. 나 보러 온 거야?"

연휘가 싱그럽게 웃었다. 햇빛을 받은 연휘 얼굴이 반짝반짝 빛났다. 윤슬이 연휘 얼굴에도 내린 것 같다. 얼굴이 달아올랐다. 심장도 이상하게 빨리 뛰었다. 연휘에게 뭐라 말하고 싶었지만, 입이 떨어지지 않았다. 결국 어버버하고 말았다.

'아이참, 왜 이렇게 바보같이 구는 거야.'

비록 꿈이지만 가슴이 답답한 게 생생하게 느껴졌다.

*

새별이가 잠에서 깼다. 현실로 돌아왔지만, 여전히 심장은 빠르게 뛰었다.

"에잇, 서연휘 그 녀석은 괜히 자기 전에 그런 문자를 보내서……."

아까 받은 문자 때문에 연휘가 꿈에 나왔다고 생각했다. 그러다 문득 이상한 사실을 알아챘다. 연휘와 아라를 만나기 전, 밝게 빛나는 문을 열고 들어갔다는 점. 그리고 자신이 꿈꾸고 있다는 걸 분명히 인식하고 있었다는 점이었다.

"이것도 루시드 드림인가? 아라랑 같이 있었던 걸 보면 서연휘의 과거를 본 것 같진 않은데……."

아무리 생각해도 이상했다.

"그냥 개꿈인가? 하아, 모르겠다. 미덕이랑 노니까 나도 자꾸 미더덕이 되는 것 같아."

새별이는 머리카락을 마구 헝클어뜨렸다. 이제 곧 일어날 시간이다. 어차피 다시 잠들긴 틀렸다. 일찌감치 서둘러 학교에 가는 게 낫겠다. 엄마는 어제 늦게 들어와서 피곤한지 아직 자고 있었다.

"대체 몇 시에 온 거야? 그 회사 일은 혼자 다 하나."

새별이는 그렇게 말하면서도 발소리를 죽여 살금살금 걸었다. 그때 스마트폰이 울렸다.

새별아, 오늘은 먼저 가. 나, 조금 늦을 것 같아.

새별이가 늦었으면 늦었지, 아라가 지각을 할 리 없는데. 새별이는 고개를 갸웃하며 빠르게 답을 보냈다.

이제 일어난 거야? 괜찮아. 기다릴게.
지금 빨리 준비하면 지각 안 하고 갈 수 있어.

아니야, 그냥 너 먼저 가. 그래야 내 마음이 편해.

아라가 이렇게까지 말하는데 더는 고집을 부릴 수 없었다. 새별이는 하는 수 없이 알겠다고 답을 보냈다. 오늘따라 거의 날마다 마주치는 마용진마저 코빼기도 안 보였다.

또 다른 꿈

"이럴 때 나타나 주면 얼마나 좋아? 심심하지도 않고."

새별이는 아무 잘못도 없는 마용진이 괜히 원망스러웠다.

터벅터벅 교실에 들어서는데, 찌를 듯한 눈빛 하나가 새별이를 바라보고 있었다. 눈빛이 얼마나 강렬한지 절로 몸이 움찔했다. 눈빛의 주인공은 연휘였다.

"왜 이렇게 늦게 왔어? 기다렸잖아."

연휘는 새별이가 자리에 앉자마자 말을 걸어왔다. 자신을 기다렸다는 말에 심장이 쿵 내려앉았다.

"갑자기 뭐야? 마요네즈랑 조금 가까이 지내더니 그새 물들었어?"

새별이는 연휘의 눈길을 피하며 새침하게 답했다. 연휘 눈을 계속 바라보고 있다가는 연휘 말에 잠시 설렌 마음을 들킬 것만 같았다.

"설마 몰라서 묻는 건 아니지?"

새별이는 그제야 연휘를 돌아봤다.

"무슨 소리야? 진짜 몰라서 묻는 건데?"

연휘가 입꼬리를 위로 쓱 올렸다. 그 모습이 꼭 장난꾸러기 아이 같았다.

"좋아. 뭐, 여기서 얘기하기엔 듣는 귀가 너무 많지."

새별이는 아침부터 연휘가 대체 무슨 소리를 하는지 도통 알아들을 수 없었다. 연휘랑 새별이 대화가 흥미로운지 몇몇 아이들이 귀를 바짝 세우고 있다는 게 느껴졌다. 연휘는 어리둥절해하는 새별이는 아랑곳하지 않고 다시 입을 열었다.

"학교 끝나고 어제 거기서 또 보자."

연휘 말이 떨어지기 무섭게 둘의 대화를 듣고 있던 몇몇 아이들이 '오오오' 환성을 내질렀다. 마치 데이트 신청이라도 하듯 내뱉는 연휘 말에 새별이만 얼굴이 빨개졌다. 연휘는 뭐가 좋은지 히죽해죽 웃고 있었다. 아라나 마용진이라도 있으면 얼른 같이 나가 이 자리를 피하고 싶었지만, 둘 다 늦잠을 잤는지 아직 오지 않았다. 새별이는 빨개진 얼굴을 들키기 싫어 고개를 푹 숙였다.

아라와 마용진은 수업이 시작하기 직전 간발의 차이를 두고 간신히 교실에 들어왔다. 새별이는 아라와 눈인사만 겨우 나눴다.

이런저런 생각에 마음이 복잡해 하루가 어떻게 가는지 모르게 지나갔다. 어느새 점심시간. 급식을 다 먹은 아라가 새별이에게 조심스레 물었다.

"너, 혹시 나한테 비밀 생겼어?"

"응? 가, 갑자기 무슨 소리야?"

새별이는 아라에게 꿈 이야기를 하지 못한 게 찔려 말을 더듬었다.

"진짜인가 보네."

아라가 눈을 가늘게 뜨며 새별이를 바라봤다.

"뭐, 뭐가?"

"너, 서연휘랑 사귀는 거야?"

아라의 뜬금없는 물음에 새별이가 펄쩍 뛰었다.

"뭐? 갑자기 그게 무슨 소리야? 서연휘랑 사귄다니?"

"애들이 아까부터 계속 수군대더라고. 둘이 사귀는 것 같다고."

짐작 가는 데가 있었다. 아침에 연휘 말을 듣고 말하기 좋아하는 아이들이 지레짐작으로 소문을 퍼트린 거다. 새별이는 두 손으로 엑스 자를 크게 만들어 보이며 강하게 부인했다.

"절대 아니야, 절대. 그리고 내가 좋아하는 사람이 생기면 당연히 너한테 가장 먼저 얘기했지. 그걸 숨겼겠어?"

꿈을 걷는 소녀

"미안. 난 너도 혹시나 하고……."

"너도?"

"아, 아무것도 아니야."

아라 표정에 무언가 찜찜함이 남아 보였다. 여전히 자신이 연휘를 좋아한다고 오해하는 게 아닌지 걱정스러웠다. 안 그래도 얼마 전 직접 묻기까지 하지 않았던가. 쓸데없는 오해는 받고 싶지 않았다. 그것도 단짝 아라에게만큼은. 그래서 연휘와 조금 거리를 둬야겠다고 마음먹었다.

하지만 그 다짐은 오래가지 못했다. 연휘는 수업이 끝나자마자 빙글빙글 웃으며 새별이에게 말을 걸어왔다.

"오늘은 그냥 같이 나갈까?"

새별이는 화를 간신히 누르며 입술을 꽉 깨물고 말했다.

"내가 왜 너랑 같이 나가? 난 늘 아라랑 같이 가거든."

연휘가 고개를 한쪽으로 기울였다.

"우리, 할 얘기 있잖아."

"난 없는데."

연휘가 갑자기 새별이에게 한 발짝 성큼 다가섰다. 그러고는 새별이 귀에 대고 작게 속삭였다.

"어젯밤에 네가 나에게 초능력을 썼잖아."

새별이는 갑자기 온몸이 굳어 꼼짝하지 못했다.

'대체 무슨 소리를 하는 거지? 설마 어제 연휘 꿈에도 내가 나온 건가? 아냐, 어젠 연휘 과거 모습은 보지도 못했다고……. 근데 이 녀석은 뭘 믿고 이렇게 확신하는 거야?'

궁금증이 꼬리에 꼬리를 물고 이어졌다. 이제는 새별이가 더 애가 탔다. 연휘가 도대체 무슨 생각을 하는지 낱낱이 들어 봐야겠다. 새별이 표정을 읽었는지 연휘가 씩 웃었다.

"이제 마음이 바뀐 거지?"

인정하고 싶지 않았지만, 고개를 끄덕이고 말았다. 새별이는 빠르게 연휘에게 속삭였다.

"먼저 가서 기다려. 곧 갈게."

연휘가 교실을 빠져나가자마자 새별이는 아라에게 다가갔다. 아침에도 함께 오지 못했는데, 집에도 따로 가야 한다고 생각하니 썩 내키지 않았다. 하지만 연휘 이야기를 들어 보려면 어쩔 수 없었다.

"아라야, 미안한데 오늘은 너 먼저 갈래? 잠깐 서연휘랑 할 얘기가 있어서."

"연휘랑?"

꿈을 걷는 소녀

"응. 애들이 떠드는 소리도 신경 쓰이고, 서연휘한테 쓸데없는 오해 받지 않게 조심하자고 얘기도 좀 할 겸……."

"알았어. 네가 신경 쓰일 만하지. 그럼 내일 봐."

아라가 이해한다는 듯 고개를 끄덕였다.

꼬여 가는 관계

"내가 대체 무슨 초능력을 썼다는 거야?"

새별이는 자리에 앉자마자 단도직입적으로 물었다.

"떡볶이나 좀 먹고 얘기하자. 무슨 애가 성질이 그렇게 급해?"

"지금 상황에서 떡볶이가 내 배 속에 들어가겠니?"

"너무 잘 들어갈 것 같은데. 무지 신나서."

연휘가 아이처럼 해맑게 웃었다.

'너 같은 미덕에게나 신날 일이지. 내 머릿속은 복잡해 죽겠다고.'

새별이는 하고 싶은 말이 많았지만, 떡볶이 앞에서 연휘가 양보할 것 같지 않아 그냥 입을 다물었다. 연휘도 새별이만큼이나 떡볶이를 좋아하는 것 같다. 새별이는 떡볶이를 먹는 둥 마는 둥 하며 연휘 배가 얼른 차길 기다렸다. 빨간 양념까지 싹싹 긁어 먹은 연휘가 자리에서 일어났다.

"가자, 어제 거기로."

새별이가 연휘를 따라 얼른 일어섰다. 호수 공원을 향해 걷는데 갑자기 이상한 생각이 들었다.

"어차피 공원 가서 얘기할 거면서 왜 하하 분식에서 보자고 한 거야?"

"아무리 심각한 이야기라도 배는 채우고 해야지. 떡볶이를 먹어야 머리도 팽팽 잘 돌아가거든. 나도 아직 뭐가 뭔지 좀 헷갈려서."

연휘가 씩 웃으며 발길을 옮겼다. 새별이는 어이가 없어 헛웃음이 나왔다. 이미 충분히 기다릴 만큼 기다렸다. 새별이는 더 참지 못하고 물었다.

"혹시 어젯밤 꿈에 내가 나왔어?"

연휘가 당연하다는 듯 가볍게 고개를 끄덕였다.

"너도 내 생각 하다가 잠들었니?"

연휘가 새별이를 물끄러미 바라봤다.

"왜? 뭐, 뭘 그렇게 봐?"

혹시 얼굴에 떡볶이 양념이라도 묻었나 싶어 재빨리 손으로 얼굴을 닦았다.

"너, 내 생각 하다 잠들었구나."

연휘 말에 새별이는 흠칫 놀랐다.

'어떻게 알았지? 그리고 부끄럽게 그런 이야기를 왜 아무렇지도 않게 하는 건데.'

연휘가 피식 웃으며 말했다.

"미안하지만 난 아니야. 물론 어제 네가 한 말에 대해 곰곰이 생각해 보긴 했지. 근데 네가 알다시피 나는 그거 말고도 궁금한 게 많거든. 어젯밤엔 죽음의 고드름[3]에 대해 생각하다 잤어."

"죽음의 고드름?"

"응, 닿는 순간 모든 걸 얼려 버리는 고드름이 있다더라."

"말도 안 돼. 무슨 디즈니 애니메이션 찍냐?"

새별이는 괜히 헛다리를 짚은 게 민망해 핀잔을 주고는

---

3 바다에 만들어지는 거대한 얼음 기둥으로, 정식 명칭은 '브리니클'이다. 1960년대 처음 발견됐고, 일반 해수보다 밀도가 높아 바다 밑으로 가라앉으면서 빠른 속도로 자란다. 이 얼음 기둥에 닿는 모든 생물을 얼어붙게 만들어 '죽음의 고드름'으로 불린다.

다시 말을 이었다.

"자꾸 딴 데로 새지 말고. 그래서 네 꿈에서 내가 뭘 했는데?"

어느새 호수 앞이었다.

"네가 바로 여기 서 있던데?"

연휘가 한 곳을 가리켰다. 호수 근처에 심긴 커다란 버드나무 앞이었다. 새별이 입이 벌어졌다. 여기가 틀림없다. 새별이 꿈에서도 자신이 바로 여기에 서서 연휘와 아라를 지켜보고 있었다. 새별이는 놀란 가슴을 애써 진정하며 물었다.

"그다음은? 내가 또 뭘 했어?"

"그냥 나랑 아라를 빤히 쳐다보고 있더라. 마치 내 과거를 속속들이 보고 가고야 말겠다고 마음먹은 사람처럼. 그래서 내가 너에게 달려가 말을 걸었지."

"뭐, 뭐라고?"

"또 만났네. 나 보러 온 거야?"

마치 어젯밤 꿈이 그대로 현실에서 재현되는 것 같았다. 더는 부정할 수 없었다. 연휘와 어젯밤 분명 똑같은 꿈을 꾼 거다. 아라까지 나왔으니 새별이가 꾼 꿈과 조금도 다른 게 없었다. 연휘가 흥미롭다는 듯 새별이를 바라보며 물었다.

"이제 네 차례. 어젯밤 너도 같은 꿈을 꾼 거지? 내 과거를 보고 싶어서 초능력을 쓴 거야?"

그러다 갑자기 자기 말에 스스로 놀란 표정을 지으며 다시 말을 이었다.

"가만, 이상한데? 어제 그 꿈은 내 과거가 아니라 그냥 아무 의미 없는 개꿈일 뿐인데. 대체 뭐지?"

꿈에서 본 장면이 연휘의 과거가 아니라는 건 새별이도 얼핏 짐작하고 있었다. 아라와 연휘가 학교 밖에서 따로 만난 적은 한 번도 없으니까. 머릿속이 혼란스러웠다.

"나, 나는 그냥 문을 열고 들어갔을 뿐인데……."

어젯밤에도 분명 꿈의 시작은 수많은 문이었다.

"문이라고? 좀 더 자세히 말해 봐."

연휘가 들뜬 목소리로 물었다.

"나도 뭐가 뭔지 모르겠어. 그냥 수많은 문이 나를 둘러싸고 있었고, 난 그저 그중에 빛이 새어 나오는 문으로 들어갔을 뿐이야."

"그러니까 네가 그 문을 열고 내 꿈에 들어왔다는 얘기

네.”

연휘가 갑자기 무릎을 탁 치며 확신에 차 소리쳤다.

“그게 네가 다른 사람의 꿈으로 들어가는 통로인가 보다!”

“다른 사람 꿈으로 들어가는 통로……?”

“네 초능력은 늘 꿈속에서 발휘되잖아. 그래, 그런 거였어.”

연휘가 호수 앞을 왔다 갔다 하면서 혼자만의 생각에 빠졌다. 그럴수록 새별이는 더욱 답답했다.

“뭐가 그렇다는 건데? 알아듣게 얘기해.”

연휘가 걸음을 멈추고 새별이와 눈을 마주쳤다.

“네가 꾸는 꿈 말이야. 아무래도 단순히 다른 사람의 과거를 보는 건 아닌 것 같아.”

“그럼?”

“네 말대로라면 너는 엄마의 고등학교 때 모습을 결코 알 수 없어. 그런데 엄마 얼굴이, 거기다 친구 얼굴까지 똑같이 나왔다고? 아무리 꿈이라도 네가 모르는 사실을 그렇게 생생하게 꿀 수 있을까? 처음에는 그래서 네가 다른 사람의 과거를 볼 수 있다고 생각했어. 그런데 내 꿈에 나타난 걸 보니 꼭 과거만 보는 것도 아닌 것 같아. 이런저런 가능성을 열어 두고 생각해 봤을 때, 가장 그럴 듯한 가설은 이거야."

"뭔데?"

새별이는 자기도 모르게 침을 꼴깍 삼켰다.

"그게 네 꿈이 아니라는 거."

돌아오는 대답은 황당했다.

"무슨 말도 안 되는 소리야? 분명히 내가 꿨는데, 내 꿈이 아니라니. 내 꿈이 아니라면 대체 누구 꿈인데?"

"너희 엄마."

"뭐?"

"아니면 그 친구. 뭐, 또 다른 사람일 수도 있겠지. 하지만 분명한 건 그 꿈의 진짜 주인은 너희 엄마와 그 친구의 과거 모습을 아는 사람이라는 거야. 그리고 어젯밤 우리 둘이 동시에 꾼 꿈 역시 그 꿈의 주인은 네가 아니라 바로 나야."

혼란스러운 표정을 짓는 새별이를 보고 연휘가 대단한 발견을 한 사람처럼 빠르게 중얼거렸다.

"세상에 이런 초능력을 가진 사람이 있다니. 신비한 문

꿈을 걷는 소녀

을 열면 다른 사람 꿈으로 이어지고…… 다른 사람 꿈에 들어갈 수 있다……."

그러다 무언가 확신하듯 천천히 말을 뱉었다.

"너는 그러니까…… 꿈을 걷는 소녀구나."

"뭐? 어딜 걸어?"

"다른 사람 꿈에 들어가고 마음대로 돌아다닐 수 있잖아. 그러니까 꿈을 걷는 소녀지."

"대체 무슨 말도 안 되는 소리를 하는 거야? 언제는 내가 다른 사람의 과거를 볼 수 있는 초능력이 있다면서. 이제는 다른 사람 꿈에 들어갈 수 있다고? 난 그냥 대한민국의 평범한 중학생일 뿐이라고."

"너, 안 평범해. 되게 특이해. 난 처음 널 봤을 때부터 딱 알아봤어. 신비로운 기운이 막 뿜어져 나오더라니까."

'안 그래도 마음이 어지러운데 얘는 또 무슨 헛소리를 하는 거야.'

새별이 얼굴이 잔뜩 구겨졌다.

"그냥 막 갖다 붙이지 마."

"큭큭, 티 났어?"

연휘가 장난스레 웃었다. 긴장이 조금 풀렸다.

"와, 꿈 소녀라니, 진짜 부럽다. 나에게는 왜 그런 능력이 없을까?"

연휘가 샘내듯 입을 삐죽거렸다. 새별이는 어느새 '꿈 소녀'가 되어 있었다. 연휘가 처음 만나는 사람처럼 새삼 손을 내밀었다.

"아무튼 앞으로 우리 친하게 지내자. 뭐, 이미 친해지긴 했지만."

새별이가 멀뚱히 서 있자 연휘는 새별이 손을 끌어다 악수를 하며 맞잡은 손을 세차게 흔들었다.

"너 같은 사례가 또 있는지 내가 세계 미스터리 유튜브를 다 뒤져서라도 찾아볼게. 그러니까 곧 지구가 멸망할 것 같은 그 표정 좀 풀어라."

'뭐지, 이 든든함은?'

새별이는 자신에게 일어난 이 이상한 일을 이상하게 받아들이지 않는 연휘가 옆에 있어서 왠지 모르게 마음이 놓였다.

'나한테 다른 사람 꿈에 들어가는 능력이 있다고?'

연휘 말을 완전히 받아들이기는 어려웠다. 진실을 확인

할 방법은 하나뿐이었다. 연휘 말이 사실이라면 새별이가 지금껏 반복해 꾸던 꿈의 주인은 엄마일 확률이 가장 높았다. 그러니 엄마에게 같은 꿈을 꿨는지 물어볼 수밖에.

새별이는 오늘만큼은 엄마가 아무리 늦게 와도 눈을 부릅뜨고 기다리겠다고 마음먹었다. 그런데 비장한 각오를 한 게 민망할 만큼 엄마는 일찍 퇴근했다.

"오랜만에 같이 저녁 먹자. 김치찌개 끓여 줄게."

엄마가 집에 들어오자마자 서둘러 저녁을 준비했다. 불과 며칠 전 새별이가 엄마에게 단단히 화가 났다는 사실은 잊은 것처럼 보였다. 일부러 아무렇지 않은 척하는 건가. 그렇다면 자신도 아무렇지 않은 척할 수밖에. 안 그래도 엄마에게 궁금한 게 있으니까. 새별이는 기회를 놓치기 전에 에두르지 않고 물었다.

"요즘 꿈 안 꿔?"

엄마가 쌀을 씻으며 대수롭지 않게 되물었다.

"갑자기 그건 왜 물어?"

"그냥 내가 요즘 꿈을 좀 많이 꿔서."

"글쎄."

"혹시 엄마 어린 시절이 나오는 꿈 꾼 적 없어? 이를테면 중학생 때나 고등학생 때."

쌀 씻는 소리가 잠시 멈췄다 다시 이어졌다.

"쓸데없이 웬 꿈 타령이야? 할 일 없으면 냉장고에서 김치나 좀 꺼내."

이대로라면 엄마가 순순히 털어놓을 것 같지 않았다. 새별이는 얼른 방에 들어가 책상 서랍 속에 넣어 두었던 물건을 꺼내 왔다. 엄마와 친구의 사진이었다. 새별이가 엄마 옆으로 다가가 사진을 내밀었다.

엄마가 무심히 고개를 돌려 사진을 바라봤다. 그러다 이내 핏발 선 눈으로 새별이를 쏘아봤다. 곧 쓰러질 것처럼 얼굴색도 하얗게 변해 있었다. 엄마가 물기 젖은 손으로 새별이에게서 사진을 낚아챘다.

"네가 이 사진을 왜 갖고 있어? 남의 물건에 함부로 손대는 게 얼마나 예의 없는 짓인 줄 알아?"

'남'이라는 단어가 새별이 심장을 쿡 찔렀다.

"할머니 집에 갔다가 엄마 앨범 봤어. 그게 그렇게 잘못이야?"

"봤으면 거기 그냥 두지, 이걸 왜 갖고 왔는데?"

"난 그냥 궁금해서……."

새별이가 말을 채 끝내기도 전에 엄마가 끼어들었다.

"궁금? 뭐가 궁금한데?"

"엄마 고등학교 때 모습이랑 엄마 친구랑……."

엄마가 더 들어 보지도 않고 말을 끊었다.

"너, 엄마 괴롭히려고 작정했니? 대체 그런 걸 갑자기 왜 알고 싶은 건데? 설마 누구한테 무슨 소리라도 들은 거야? 말해 봐, 어서!"

엄마가 새별이를 무섭게 다그쳤다. 처음 보는 엄마 모습에 놀라 아무 말도 할 수 없었다.

고작 고등학교 시절 사진 한 장에 왜 이렇게 흥분하는 걸까. 이상한 사진도 아니고 엄마의 단짝과 찍은 평범한 사진일 뿐인걸. 새별이는 도무지 이해할 수 없었다. 도대체 엄마는 뭘 숨기고 있는 거지? 딸에게조차 감추려는 비밀이 대체 뭘까. 예상치 못한 엄마 반응에 가뜩이나 복잡하던 머릿속이 더욱 혼란스러웠다.

그와 동시에 서러움이 불쑥 올라왔다. 엄마는 새별이가 갑자기 엄마의 과거를 왜 묻는지, 혹시 새별이에게 무슨 일이 있는 건 아닌지 조금도 관심이 없었다. 결국 서러움이 밖으로 폭발하고 말았다. 새별이는 엄마를 향해 눈을 부릅뜨며 소리쳤다.

"내가 뭘 알고 싶냐고? 모르겠어. 나도 아무것도 모르겠다고! 모든 게 엉망진창이야!"

울면서 집을 뛰쳐나왔다. 그냥 연휘 말을 확인하고 싶었을 뿐이다. 엄마도 새별이와 같은 꿈을 꾸는지 궁금했다. 하지만 엄마는 새별이 이야기를 들어 보려고 하지도 않았다. 왜 갑자기 꿈에 대해 묻고, 옛날 사진까지 꺼내 들었는지 관심조차 없었다. 오히려 이해할 수 없는 반응만 보일 뿐이었다.

엄마에 대한 의심이 커짐과 동시에 서러움이 밀려와 자꾸 눈물이 났다. 엄마에게 정말 누구도 알면 안 되는 끔찍한 비밀이 있기라도 한 걸까. 새별이는 지금 엄마는커녕 자신에 대해서도 아무것도 알 수 없었다.

이럴 때 생각나는 사람은 한 명밖에 없었다. 그 품에 안겨 마음껏 울 수 있는 사람. 새별이는 스마트폰에서 아라 이름을 찾아 통화 버튼을 눌렀다. 신호가 한참 울린 뒤 아라가 전화를 받았다. 아라 목소리를 듣는 것만으로도 다시 눈물이 나올 것 같았다. 아라는 착 가라앉은 새별이 목소리를 듣고는 바로 새별이네 아파트 놀이터로 달려 나왔다.

"새별아, 무슨 일이야?"

아라가 걱정스러운 목소리로 물었다.

"그냥. 늘 똑같지, 뭐……."

"엄마랑 또 안 좋은 거야? 이번엔 뭐 때문에 그러는데?"

아라에게 어디서부터 이야기를 시작해야 할지 모르겠다. 자신이 다른 사람 꿈에 들어가는 능력이 있을지 모른다는 이야기부터 해야 할까, 아니면 알지도 못하는 엄마의 과거 모습이 자꾸 꿈에 보인다는 말? 그러다 문득 얼마 전 아라가 마용진에게 고백했던 꿈이 떠올랐다.

'그때도 문을 봤던가…….'

기억을 더듬어 봤지만, 딱 한 번 꾼 꿈인 데다 벌써 며칠이 지나 기억이 가물가물했다. 방법은 하나다. 아라에게 물어볼 수밖에. 엄마에게는 확인하지 못했지만, 어쩌면 이번에는 다를지 모른다. 새별이가 조심스레 입을 열었다.

"네가 싫어하는 종류의 얘기긴 한데, 궁금한 거 하나만 물어도 돼?"

"너답지 않게 왜 이렇게 뜸을 들여? 말해 봐. 뭔데?"

평소답지 않은 새별이 모습에 아라가 고개를 갸웃했다.

"사실은…… 며칠 전 꿈에 네가 나왔어."

"내가?"

"응, 그리고 말이야. 이제부터는 화내지 말고 들어 봐. 네가 글쎄, 마요네즈한테 좋아한다고 고백을 한 거 있지."

아라 눈이 대번에 커졌다.

"뭐, 뭐라고 고백했는데?"

"오래전부터 좋아했다고. 다정한 네가 좋다고. 너를 보면 마음이 따뜻해진다고."

"저, 정말 네 꿈에서 내가 용진이한테 그런 말을 했단 말이야? 그게 언젠데?"

말도 안 되는 꿈을 꿨다며 웃어넘기거나 기분 나빠 할지 모른다고 생각했는데, 아라는 새별이 예상과 달리 크게 놀랐다. 표정도 진지했다. 새별이는 아라 물음에 곰곰이 기억을 더듬었다.

"그게 언제였더라……. 아, 서연휘가 전학 온 날 밤일 거야. 다음 날 학교 가는 길에 마요네즈 만나서 내가 꿈 얘기 했었어."

"이럴 수가……."

아라가 멍한 표정을 지으며 한동안 아무 말도 하지 못했다. 그러다 어느덧 정신을 차렸는지 아라답지 않게 흥분한 목소리로 말했다.

"넌 정말 내 영혼의 단짝인가 봐."

"응? 갑자기 왜 나한테 고백을 하고 그래?"

"그렇지 않고서는 어떻게 나랑 같은 날, 같은 꿈을 꿀 수 있겠어?"

아라 말에 이번에는 새별이가 깜짝 놀랐다.

"그, 그럼 너도 그날 마요네즈한테 고백하는 꿈을 꾼 거야?"

아라가 고개를 끄덕였다.

연휘 말대로였다. 새별이는 이제 더는 '꿈 소녀'라는 걸 부인할 수 없다는 걸 깨달았다. 자신에게 진짜 그런 능력이 있다니. 사실을 확인하고도 도무지 믿을 수 없었다. 영혼의 단짝이라며 좋아하던 아라가 무언가를 골똘히 생각하더니 조심스레 말을 꺼냈다.

"새별아, 미안. 난 그런 줄도 모르고 널 오해했어."

갑작스러운 아라의 사과에 새별이가 고개를 갸웃했다.

"오해라니?"

"그날 네가 용진이에게 꿈 얘기를 하는지 몰랐어. 네가 용진이에 대한 내 마음을 눈치채고 마음대로 떠벌렸다

고 생각했지 뭐야. 네가 그럴 애가 아닌데, 혼자 바보같이……. 정말 미안해."

"아……, 그래서 네가 요즘 평소랑 달랐던 거구나."

새별이는 요 며칠 아라와의 사이에 있던 뭔지 모를 찜찜함의 이유를 깨닫고는 가만히 고개를 끄덕였다. 그러다 불에 덴 듯 황급히 소리를 질렀다.

"아니, 자, 잠깐만! 용진이에 대한 네 마음이라니? 너, 설마 진짜 마요네즈 좋아해?"

아라가 얼굴을 붉히며 수줍게 고개를 끄덕였다.

"세상에. 맙소사. 완전 대박 사건! 천하의 조아라가 마요네즈를 남몰래 좋아하고 있었다니! 근데 왜 여태 나한테 한마디도 하지 않은 거야? 우리, 영혼의 단짝이라며!"

놀란 것도 잠시 새별이는 갑자기 서운함이 밀려왔다.

"미안. 실은 어쩌면 용진이랑 네가 서로 좋아할지도 모른다고 생각했어. 둘이 어렸을 때부터 워낙 친하니까……. 그래서 내 마음을 접어 보려고 했는데 잘 안 되더라고."

"악, 말도 안 돼! 내가 마요네즈를 좋아하다니? 너까지 그런 오해를 할 줄 몰랐다. 나한테 진작 물어보지 그랬어?"

"왠지 부끄러워서⋯⋯. 미안해. 제발 화 풀어라. 응? 영혼의 단짝님아."

아라가 코를 찡긋하며 웃었다. 새별이는 짐짓 서운한 척했지만, 이제라도 오해를 풀게 돼 다행이라고 여겼다. 그때 머릿속에 한 장면이 빠르게 스치고 지나갔다.

"잠깐, 그럼 설마 며칠 전에 마요네즈 자전거 뒤에 타고 가던 사람이 너였어?"

"앗, 봤어?"

"뭐야, 벌써 마요네즈한테 고백이라도 한 거야? 너희 둘이 사귀어?"

아라가 손사래를 쳤다.

"아, 아니야, 아직 그런 사이는."

"아지익? 그럼 앞으로 그런 사이가 될 가능성은 있고?"

"모르겠어. 용진이가 조금 더 시간을 갖고 생각해 보자고 해서⋯⋯."

"너, 꿈에서처럼 고백한 거구나!"

아라가 부끄럽다는 듯 살짝 고개를 끄덕였다.

"그동안 용진이랑 서먹서먹했던 게 그래서야. 용진이는 날 그냥 친구로만 생각했으니까. 그런데 갑자기 좋아한다고 고백했으니 얼마나 놀랐겠어? 너에게 말하지 못해서 진짜 미안해. 앞으로는 우리 사이에 절대 비밀 같은 거 만들지 않을게."

아라가 혀를 쏙 내밀며 웃었다.

단짝 아라와 마용진에게도 그사이 자기가 모르는 비밀이 있었다니. 새별이는 둘에게 모두 서운했다. 하지만 곧 자신도 둘에게 털어놓지 못한 비밀이 있다는 게 떠올랐다. 지금이라도 아라에게 말해 볼까. 하지만 선뜻 입이 떨어지지 않았다.

'나를 이상한 아이라고 생각하면 어쩌지? 영혼의 단짝이라고 저렇게 좋아하는데. 사실은 내가 자기 꿈에 몰래 들어가 엿본 거라는 걸 알면? 또 다른 오해가 쌓이는 것 아닐까.'

미스터리 덕후 연휘면 모를까, 평범한 사람이라면 새별이에게 생긴 이 능력을 이상하게 여길 것 같았다. 아니, 아예 믿지 않을지도 모르지. 스스로도 믿을 수 없는걸. 꿈 소녀라는 걸 알게 된 지금도 새별이 머릿속을 채운 혼란은 사라지지 않았다.

꿈을 걷는 소녀

새별이는 밤이 늦도록 잠을 이루지 못하고 뒤척였다.

'오늘 밤은 누구 꿈에 들어가게 될까. 또 엄마의 꿈속일까.'

엄마의 과거를 다시 보고 싶지는 않았다. 들추려 할수록 엄마와의 관계만 나빠지는 것 같다. 지난번처럼 안 좋은 장면을 보게 될까 봐 겁도 났다. 혹시 오늘처럼 새별이가 모르는 엄마의 낯선 모습을 발견할까 봐, 그도 아니면 감당하기 힘든 비밀을 알게 될까 봐.

'오늘은 그냥 아무런 꿈도 꾸지 말고 자자. 아침까지 그냥 푹 자자, 제발.'

간절히 기도하다 까무룩 잠이 들었다.

＊

삐오삐오. 귀를 뚫을 듯 시끄러운 사이렌 소리가 사방에서 들려왔다. 그 사이로 터져 나오는 비명과 흐느껴 우는 소리에 주위는 더 소란스러웠다. 도로 위 차들마저 뒤엉켜 어수선한 분위기를 더했다.

'대체 무슨 일이 벌어진 거야.'

왠지 불길했다. 가슴이 쿵쿵 뛰었다. 두려움을 애써 가라앉히고 천천히 걸어 나갔다. 지금 서 있는 곳은 한강 다리 위였다. 대체 내가 왜 다리 한복판 위에 서 있는지 이해되지 않았지만, 일단 움직여 보았다. 주변을 둘레둘레 살피며 걷다가 그만 '악' 소리를 지르며 그 자리에 주저앉고 말았다.

바로 발밑에서 갑자기 다리가 뚝 끊어져 있었다. 하마터면 아래로 곧장 떨어질 뻔했다. 생각만으로도 가슴이 울렁거렸다. 아찔함이 밀려왔다. 숨을 고르고 조심스레 아래를 내려다보았다.

"헉."

끔찍한 광경에 나도 모르게 숨을 삼켰다. 끊어진 다리

위로 아무렇게나 구겨진 버스가 누워 있었다. 그저 바라보는 것만으로도 공포가 밀려왔다.

그 순간, 누군가 날카롭게 비명을 질렀다. 마치 내가 내지른 비명처럼 느껴지는 건 착각일까.

*

새별이는 온통 땀으로 범벅이 된 채 잠에서 깨어났다. 몸이 절로 떨렸다.

'단지 꿈일 뿐이잖아. 겁먹지 마.'

마음을 다잡아 보려 해도 꿈에서 본 장면을 마치 실제 현실에서 본 듯 생생한 공포가 밀려왔다.

'대체 누구 꿈이지? 왜 이런 말도 안 되는 악몽을 꾸는 거야?'

어둠 속에서 홀로 빛나던 문을 열고 들어간 뒤 본 장면이었다. 이 말은 곧 또다시 다른 사람의 꿈에 들어갔다는 말이다. 하지만 이번에는 꿈의 주인이 누구인지 보지 못했다. 주위에 사람이 너무 많았다. 꿈에서 본 장면을 찬찬히 떠올렸다.

"아, 버스! 그 버스 좀 이상했는데……."

끊어진 다리 밑에 누워 있던 버스가 낯설었다. 요즘 다니는 버스랑은 형태와 색깔이 달랐다.

"설마……."

새별이는 얼른 스마트폰을 켜 인터넷을 검색했다. '다리 붕괴', '버스 추락' 등의 검색어를 넣어 봤다. 그리고 얼마 안 지나 관련 자료가 주르륵 떴다.

"헉, 꿈이 아니었어. 실제로 그런 일이 벌어졌던 거야."

1994년 10월 21일, 성수 대교가 무너졌다. 여러 개의 한강 다리 가운데 하나였다. 평소처럼 아침에 일어나 버스를 타고 학교로, 회사로 가던 사람들이 갑작스러운 사고를 당했다. 미사일 폭격이 있었던 것도, 누군가 테러를 저지른 것도 아니었다. 그냥 멀쩡하던 다리가 갑자기 '뚝' 끊어져 버렸다. 지금으로부터 꼭 30년 전, 우리나라에서 실제로 그런 일이 벌어졌다. 끔찍한 사고다.

"말도 안 돼. 서울 한복판에서 이런 일이 벌어졌다니……."

도저히 믿어지지 않았다.

"가만, 오늘이 10월 14일이니까……."

바로 일주일 뒤가 참사가 일어난 날이다. 대체 누가 이런 꿈을 꾼 걸까. 늘 꿈의 주인을 만났는데 이번에는 보지 못했다. 문득 한 사람의 얼굴이 떠올랐다.

"설마 엄마가……?"

모든 건 엄마의 꿈에서 시작됐다. 게다가 꿈에는 늘 엄마의 고등학교 시절이 나왔다. 1994년이면 엄마가 열일곱 살 때다. 기사에 따르면 당시 버스를 타고 학교에 가던 여고생들의 피해가 컸다는 내용이 나온다. 학교 이름을 찾아보니 역시나 엄마가 나온 학교였다. 엄마 앨범에 학교 앞에서 찍은 사진도 여러 장 있어 이름을 기억하고 있었다.

"그래서 고등학교 시절을 떠올리고 싶지 않은 건가."

한강 다리를 건널 때마다 유독 예민해지던 엄마 모습도 떠올랐다. 생각을 거듭할수록 엄마가 성수 대교 붕괴 현장에 있었을 것 같다는 확신이 들었다. 만약 현장에 있었다가 간신히 목숨을 구한 거라면 트라우마로 남아 있을 것 같다는 생각도 들었다. 하지만 여전히 이해되지 않는 부분도 남았다.

"그게 숨길 일은 아니잖아."

물론 고통스러운 기억이겠지만, 그렇다고 감춰야 할 일

꿈을 걷는 소녀

도 아니다. 오히려 엄마가 무사히 살아남아 줘서 다행이라는 생각이 들었다. 그렇지 않았다면 새별이와 은별이도 이 세상에 존재하지 않았을 테니까. 새별이는 고등학교 시절 사진을 보여 줬을 때 날카롭게 반응하던 엄마 얼굴을 쉽게 지울 수 없었다.

게다가 며칠 전 꿈에서 본 그 아줌마도 마음에 걸렸다. 딸 이름을 부르며 울면서 엄마에게 원망을 쏟아 내던 사람. 그리고 아무 말도 하지 못하고 떨기만 하던 엄마. 그 아줌마는 대체 누구일까. 엄마의 비밀과 그 아줌마가 혹시 어떤 관련이 있는 걸까? 엄마는 왜 친구 사진을 보고 놀란 걸까. 대체 뭘 감추고 있기에…….

새별이 머릿속에 이런저런 의문이 두서없이 떠다녔다. 조금씩 완성돼 가는 퍼즐 가운데 아직 맞추지 못한 몇 개가 남은 기분이었다.

그런데 엄마의 비밀을 푸는 것보다 더 풀기 어려운 일이 생겼다. 연휘 때문이다. 연휘는 학교에서 내내 새별이를 졸졸 쫓아다니며 귀찮게 굴었다. 미스터리 덕후에게 새별이의 존재는 최대의 흥밋거리인 듯했다. 하지만 새별이에게 부쩍 관심을 보이는 연휘 때문에 둘이 사귄다는 소문만 점점 부풀어 오르고 있었다.

"너, 꿈 소녀 맞지?"

연휘는 하루에도 몇 번씩 이렇게 물었다. 새별이가 그렇다는 대답을 할 때까지 포기하지 않을 기세였다. 참다못한 새별이가 물었다.

"대답해 주면 귀찮게 안 할 거야?"

연휘가 기다렸다는 듯 고개를 끄덕였다. 새별이는 연휘에게 다시 한번 약속을 받아 냈다. 이어 조용히 꿈 소녀가 맞는다고 인정했다. 단짝 아라에게도 말하지 못하는 비밀을 연휘에게 털어놓는다는 게 이상했지만 어쩔 수 없었다. 드디어 원하는 대답을 들은 연휘는 새별이를 경이로운 눈빛으로 바라봤다.

진실을 밝히면 연휘를 떨어뜨릴 수 있을 줄 알았다. 그건 새별이만의 착각이었다. 연휘는 단단히 약속했음에도 불구하고 전보다 더 새별이 옆에 찰싹 붙어 수시로 궁금한 걸 쏟아 냈다.

"남의 꿈에 들어가는 건 대체 어떤 기분이야?"

"지금까지 누구 꿈에 들어가 봤어?"

"왜 너한테 그런 능력이 생겼다고 생각해?"

"그 능력은 어디에 쓰면 좋을까? 혹시 마블 시리즈의 히어로처럼 세상을 구하는 데도 쓸 수 있을까?"

하루에도 몇 번씩 쏟아지는 질문에 새별이는 더는 참지 못하고 한마디 쏘아 댔다.

"초능력자에 이어 이제 나더러 슈퍼히어로로까지 되라는 거야? 대답해 주면 귀찮게 굴지 않기로 약속했잖아."

"귀찮게 구는 게 아니라 널 돕고 싶어서 그러는 건데."

"도와? 뭘?"

"너도 궁금하잖아. 내가 물은 것들."

연휘는 새별이 마음을 정확히 꿰뚫어 보고 있었다. 새별이는 그만 할 말이 없어져 입을 다물고 말았다. 연휘가 고개를 갸우뚱하며 말했다.

"꿈 소녀라는 걸 알고 나서도 너를 보면 여전히 뭔가 찜찜한 게 남은 것 같단 말이지. 나라면 엄청 신나서 들떠 있을 텐데."

"그건 너 같은 미덕한테나 해당하는 말이고."

대충 얼버무렸지만, 사실 연휘 말이 맞았다. 이런 게 초능력이라면 썩 갖고 싶지 않은 능력이다. 엄마의 과거를 꿈에서 본 뒤로 마음속에 커다란 돌덩이가 들어앉은 것처럼 속만 답답하다. 게다가 꿈에서 깨고 나면 늘 알 수 없는 슬픔이 밀려와 마음이 힘들다. 그 슬픔의 원인을 알 수 없으니 더 답답할 뿐이었다.

"뭔지 물어봐도 지금은 대답해 줄 것 같지 않고. 그래도 혹시 혼자 풀기 어려운 미스터리가 있으면 나한테 말해. 네가 꿈 소녀라는 것도 미덕인 내 덕분에 알게 된 거잖아."

연휘가 싱그러운 웃음을 날리며 멀어져 갔다.

심란한 새별이와 달리 아라와 마용진 얼굴에는 요즘 봄바람이 살랑살랑 불고 있다. 아직 사귀는 사이는 아니라지만 마용진도 아라를 좋아하는 게 틀림없다. 십년지기 친구가 그것도 모를까. 친구에서 갑자기 연인 사이로 바뀌는 게 어색하고 민망해 괜스레 한 번 튕겨 본 거다.

이런 상황에서 아라나 마용진에게 자신의 고민을 털어놓을 수는 없었다. 한창 설렘으로 가득한 두 사람에게 많은 사람이 목숨을 잃은 슬픈 참사에 대해 꺼낸다니. 안 될 말이다.

학교가 끝나고 새별이는 아라와 마용진이 둘만의 시간

꿈을 걷는 소녀

을 보낼 수 있게 일부러 자리를 피해 줬다. 마음이 심란해서일까 혼자 걷는 길이 무척 쓸쓸했다. 그때 누군가 등 뒤에서 빠르게 달려오는 소리가 들렸다. 뒤를 돌아보니 어느새 연휘가 새별이 뒤에 와 있었다.

"아직도 나한테 할 말 없어?"

새별이가 단호하게 고개를 저었다. 연휘에게 더 무슨 말을 하겠는가.

"좋아, 그럼 떡볶이나 먹으러 가자."

연휘는 새별이 대답은 들어 보지도 않고 하하 분식 쪽으로 발걸음을 옮겼다. 새별이는 하는 수 없이 연휘를 따랐다. 스트레스 받을 때는 매운 게 최고라는 핑곗거리를 스스로 만들면서.

대식가답게 연휘는 오늘도 어마어마한 양을 먹어 치웠다. 새별이도 질세라 경쟁하듯 빠르게 떡볶이를 입속에 넣었다. 연휘 때문에 또 과식을 하고 말았다. 부른 배를 두드리고 있는데 연휘가 자리에서 일어나며 말했다.

"먹었으니 이제 좀 걸을까?"

연휘는 자연스럽게 호수 공원 쪽으로 걸었다. 새별이는 이번에도 연휘 말을 거절하지 못하고 뒤를 따랐다. 호수 앞에 다다르자 연휘가 기다렸다는 듯 입을 열었다.

"대체 네가 본 엄마의 과거가 어떠했길래 그래?"

정곡을 찌르는 질문에 새별이 표정이 딱딱하게 굳었다.

"엄마가 설마 사이코패스라든가, 연쇄 살인범이라든가, 나보다 더 심한 또라이인 건 아니지?"

"지금 그걸 농담이라고 던지는 거야? 가족은 건드리지 말자."

새별이의 퉁명스러운 대답에 연휘가 바로 사과했다.

"미안. 네 표정이 하도 안 좋아서 장난 좀 쳐 본 건데."

짝꿍이라고 해도 자신을 신경 써 주는 연휘가 조금 고마웠다. 이 녀석에게라면 털어놔도 되지 않을까. 도저히 혼자서는 안 되겠다. 대한민국에 사는 평범한 중학생이 감당하기에 이 비밀이 너무 크고 무거웠다. 무엇보다 슬펐다.

새별이는 잠시 망설이다 천천히 입을 열었다.

"사실은 말이야……."

새별이는 지난밤 본 성수 대교 참사 이야기를 꺼냈다. 이야기를 다 들은 연휘는 새별이가 꿈 소녀라는 이야기를 들었을 때보다 더 놀란 표정을 지었다.

"세상에, 그런 끔찍한 일이 있었다니. 그 사람들은 그냥 평소처럼 학교나 회사에 갔을 뿐이잖아."

잠시 충격을 받은 연휘가 조심스레 말을 이었다.

"그러니까 너는 어젯밤 꿈의 주인이 너희 엄마라고 생각하는 거야?"

"내 느낌에는 그래."

"엄마한테 한번 조심스럽게 여쭤보는 건 어때?"

"그럴 분위기가 아니야. 고등학교 때 얘기만 꺼내도 발끈하는걸. 게다가 우리 모녀 사이가 좀……."

새별이는 여기서 말을 멈췄다. 연휘와 조금 가까워졌다고는 하지만, 자세한 집안 사정까지 말하는 건 아직 내키지 않았다.

"결국 나 혼자 풀어야 할 문제 같아."

새별이 말에 연휘가 펄쩍 뛰었다.

"이거 섭섭하다. 왜 너 혼자야? 우리가 함께 풀어야 할 미스터리지."

연휘는 특히 '우리'와 '미스터리'에 힘을 주며 씩 웃었다. 그 모습이 새삼 든든했다. 세상에 자기 혼자 뚝 떨어져 있는 것 같았는데, 옆에서 손을 내밀어 주는 친구가 생긴 기분이었다.

"아! 내가 왜 그 생각을 못 했지?"

연휘가 새별이를 보고 눈을 반짝 빛냈다.

"왜 갑자기 또 그렇게 흥분하는 건데? 괜히 사람 불안하게."

"너, 초능력자잖아."

"그래서?"

"그래서라니? 네 능력으로 미스터리를 풀어 보라고!"

엄마의 비밀

새별이는 집으로 돌아와 연휘 말을 곰곰이 곱씹어 봤다.

'내가 할 수 있을까.'

연휘는 새별이가 가진 능력을 잘만 활용하면 엄마의 비밀을 알 수 있을 거라고 했다. 단, 새별이가 감당하기 힘든 진실을 알게 될지도 모르니 각오는 단단히 하라고 당부했다. 실제로 새별이가 알던 모습과 완전히 다른 엄마의 모습을 보게 될지도 몰랐다. 그게 조금 두렵기도 했지만, 그보다는 궁금한 마음이 앞섰다.

'하지만 언제 다시 엄마 꿈에 들어갈지 모르는데⋯⋯.'

새별이가 누구 꿈에 들어가게 될지는 꿈을 꾸기 전까지 알 수 없다. 대부분 엄마의 꿈속에 들어가긴 했지만, 아라나 연휘 꿈에 들어간 적도 있으니까. 게다가 날마다 꿈을 꾸는 것도 아니다.

"에잇, 초능력이 있으면 뭘 해? 내 마음대로 쓸 수도 없는데."

새별이는 괜스레 짜증이 나 냉장고에서 시원한 주스를 꺼내 마셨다. 그때 퇴근한 엄마가 왔다. 엄마 얼굴이 부쩍 수척해 보였다. 새별이 눈이 자연스레 달력으로 향했다. 10월 18일. 참사가 일어난 날로부터 딱 사흘 전이다. 아무래도 이맘때쯤 엄마 마음이 더 힘들 것 같다는 생각이 들었다. 새별이는 괜히 엄마에게 쓸데없는 걸 물어 아픈 기억을 떠올리게 하고 싶지 않았다. 아무것도 모르고 엄마에게 고등학교 때 이야기를 해 보라고 닦달하던 자신의 모습이 떠올라 미안한 마음마저 들었다.

"저녁은 먹고 일해?"

걱정스러운 마음과 달리 목소리는 딱딱하게 나갔다. 새별이 물음에 엄마가 힘없이 대꾸했다.

"먹었지, 그럼. 다 먹고 살자고 하는 일인데. 너도?"

"응, 오늘은 아무 생각 하지 말고 푹 자."

새별이는 엄마가 감추고 있는 과거가 뭔지 궁금했지만,

오늘만큼은 엄마가 아무런 꿈도 꾸지 않고 푹 자길 바랐다. 엄마는 그만큼 많이 지쳐 보였다.

"오늘은 네가 용진이 못지않게 다정하네. 그래, 너도 잘 자."

엄마 눈이 조금 웃고 있어 다행이었다. 엄마는 그대로 방으로 들어갔다. 잠시 뒤 안방 화장실에서 씻는 소리가 들렸다. 새별이도 그만 방으로 들어왔다.

'그래, 나도 그냥 아무 생각 없이 푹 자자.'

하지만 새별이 바람은 이뤄지지 않았다. 곧 1994년 그날의 풍경이 눈앞에 생생하게 펼쳐졌다.

※

"미선아, 얼른 일어나, 얼른! 늦었어!"

할머니가 발을 동동 구르며 엄마 방으로 달려갔다.

"몇 신데?"

엄마가 잠이 덜 깬 목소리로 물었다.

"벌써 7시 다 됐어."

엄마가 발딱 일어나 할머니에게 빽 소리를 질렀다.

"근데 이제 깨우면 어떡해? 난 몰라. 지각이잖아."

"어제 화분 같이 한다고 힘들었는지 시계 우는 소리를 못 들었다."

엄마는 정신없이 학교 갈 준비를 했다. 내가 옆에서 빤히 지켜보고 있는데도 할머니나 엄마 모두 내가 있다는 걸 알아채지 못하는 것 같았다. 그걸 이상하다고 느낄 겨를도 없었다. 이번 꿈은 정신이 하나도 없었다. 순식간에 엄마 방에 갔다가 눈 깜짝할 새 다시 거실로, 또 마당으로 나와 있었으니까.

"희연이는 먼저 버스 타고 갔겠지?"

엄마가 대문을 나서며 할머니에게 물었다.

"기다리다 안 오면 네가 또 늦잠 잤나 보다 하고 벌써 갔겠지. 제시간에 안 오면 조금 기다리다가 세 번째 오는 버스 타고 가기로 단단히 약속했다며. 걱정하지 말고 너나 서둘러 따라가."

갑자기 눈앞이 캄캄해지더니 낯선 교실 풍경이 펼쳐졌다. 교복을 입은 여학생들이 자리에 앉아 흐느껴 울고 있었다. 교실을 둘러보니 창가에 있는 빈 책상 하나에 국화꽃이 수북이 쌓여 있었다. 교탁 앞에 선 선생님은 눈물을 애써 참으며 목이 멘 목소리로 힘겹게 말을 꺼냈다.

"사랑하는 희연이가 떠났지만, 우리 마음속에서는 영원히 좋은 친구로 기억하자."

여학생들 울음소리가 더 커졌다. 앉아 있는 학생들 사이로 엄마 얼굴이 보였다. 엄마는 눈이 퉁퉁 부은 채로 국화꽃이 쌓인 책상을 넋 놓고 바라보고 있었다. 올 기운마저 없어 보였다. 엄마의 슬픔이 전해진 걸까. 코끝이 시큰해지는 동시에 내 눈에서도 눈물이 주르륵 흘러내렸다.

✻

새별이는 눈물범벅이 된 채 잠에서 깨어났다. 잠에서 깨고도 한동안 눈물이 멈추지 않았다.

'엄마가 또 그때 꿈을 꿨구나.'

새별이는 엄마 방으로 가 보았다. 침대가 비어 있었다. 화장실에서 물 흐르는 소리가 들렸다. 그 사이로 흐느끼는 소리가 섞여 나왔다. 그 소리를 들으니 가슴이 아려 왔다. 들어가서 엄마를 안아 주고 싶지만, 차마 용기가 나지 않았다. 모른 척 돌아서 나오려는데 문득 꿈에서 들었던 이름 하나가 떠올랐다.

'희연이······. 그래, 분명 희연이라고 했어.'

그제야 비어 있던 퍼즐 조각이 차곡차곡 맞춰졌다. 희연이는 엄마와 함께 등교하던 단짝 친구다. 앨범에서도 늘 엄마 옆에 꼭 붙어 있던 바로 그 친구. 참사 당일 엄마는 늦잠을 자는 바람에 사고가 난 버스에 타지 않았다. 하지만 희연이란 친구는 평소대로 그 버스에 올랐고 결국 목숨을 잃은 것이다.

어느 날 갑자기 단짝을 잃은 충격이 얼마나 클까. 게다가 자기 혼자 살아남았다는 생각에 친구에게 더 미안할 것 같기도 했다. 그 큰 고통을 어떻게 평생 견뎠을지 새별이는 감히 상상이 되지 않았다.

더구나 엄마는 아빠도 병으로 일찍 떠나보냈다. 은별이역시 잃을 뻔했다. 사랑하는 사람을 또 잃게 될까 봐 얼마나 두려울까. 은별이 사고를 두고 새별이에게 원망스러운 마음이 드는 게 어쩌면 자연스러운 반응일지 모른다는 생각이 들었다. 새별이가 엄마에게 평생 씻지 못할 상처를 또 한 번 안겨 줄 뻔했다.

'우리 엄마, 너무 불쌍하잖아······.'

이제 그만 엄마가 상처와 슬픔에서 벗어났으면 좋겠다. 하지만 자신이 무엇을 할 수 있을지 모르겠다. 엄마가 나오는 기척이 들려 새별이는 얼른 방으로 돌아왔다.

새별이는 방에서 조금 더 시간을 보내다 거실로 나왔다. 엄마는 아무 일 없었다는 듯 아침 준비를 하고 있었다. 오늘은 은별이를 만나러 가는 토요일이다. 그런데 엄마가 뜻밖의 말을 건넸다.

"오늘 출근해야 해. 은별이한테는 다음 주에 가자. 와서 아침 먹어."

은별이 병원에 가려면 한강 다리를 건너야 한다. 성수 대교는 아니라 하더라도 엄마의 아픈 기억을 또 끄집어낼 게 뻔했다. 게다가 곧 성수 대교 참사가 일어난 날이지 않은가. 그 말은 곧 엄마 친구의 기일이라는 뜻이다. 은별이가 보고 싶어도 오늘만큼은 아픈 기억을 떠올리게 하는 장소에 가고 싶지 않을 것 같다.

"알았어. 다음 주에 가면 은별이가 두 배로 반가워하겠다."

새별이와 엄마는 아무 말 없이 아침을 먹었다. 엄마는 몇 숟가락 먹지도 않고 늦었다며 자리에서 일어났다. 새별이는 무언가 위로가 되는 말을 하고 싶었지만, 입이 떨어지지 않았다. 고작 "잘 다녀와." 소리만 했다.

갑자기 주말이 텅 비어 버렸다. 아라를 불러내 놀까 하다가 오늘 마용진과 둘이 미술 전시회에 가기로 했다는 말이 떠올랐다. 넷플릭스를 켜고 볼 만한 드라마를 찾았다. 하지만 아무리 재밌는 드라마를 틀어도 눈에 들어오지 않았다. 머릿속에는 엄마 걱정만 가득 들어차 있었다.

"안 되겠다."

새별이는 곧장 할머니에게 전화를 걸었다. 집에 있어 봤자 머리만 복잡할 테니, 할머니와 함께 은별이에게 다녀오면 좋을 것 같았다. 다행히 할머니는 새별이 말을 흔쾌히 따라 줬다.

새별이와 할머니는 버스와 지하철을 몇 번 갈아탄 끝에 병원에 도착했다. 할머니가 잠시 화장실에 간 사이 은별이와 둘만 있을 기회가 생겼다. 은별이는 지난주와 변함없는 모습으로 누워 있었다. 아무것도 모른 채 누워 있는 은별이가 오늘따라 원망스러웠다.

"이은별, 얼른 일어나. 너, 이거 엄마한테 진짜 못 할 짓이다."

꿈을 걷는 소녀

차라리 자신이 은별이 대신 누워 있는 게 더 나았을 거라는 생각마저 들었다. 애교 많은 은별이라면 엄마를 훨씬 더 잘 위로해 줬을 텐데. 새별이는 오히려 엄마한테 화만 내고 엄마를 원망했다. 죄책감과 미안함을 숨기기 위해서였지만, 엄마에게 그건 또 다른 상처였을 것이다.

할머니는 엄마가 오늘도 일하러 갔다는 말을 듣고 아무 말도 하지 않았다. 짐작 가는 데가 있는 눈치였다. 하긴 할머니는 모든 걸 알고 있을 테지.

하나도 듣지 못할 텐데도 할머니는 은별이에게 이런저런 이야기를 들려줬다. 새별이는 옆에서 그 모습을 물끄러미 지켜보고만 있었다. 두어 시간쯤 지나고 할머니가 자리에서 일어났다.

"엄마도 없는데 할머니 집에 또 갈래? 지난번 못 한 데이트 해야지."

마침 잘됐다 싶었다. 은별이에게 인사한 뒤 할머니와 함께 병원을 나왔다.

곧장 큰 시장에 있는 할머니 단골 식당으로 갔다. 부침개 잘하는 집으로 유명한 곳이다. 오늘따라 노릇노릇 구워지는 부침개가 먹음직스러워 보였다. 할머니가 가장 좋아하는 부추부침개가 나오자 할머니 입이 벙싯 벌어졌다. 할머니가 얼른 부침개를 크게 한 입 베어 물었다.

"역시 이 집 부침개가 최고라니까. 요 며칠 이게 어찌나 먹고 싶던지."

"그렇게 드시고 싶으면 진즉에 와서 드시지……."

"혼자 무슨 맛으로 먹냐."

새별이는 혼자 사는 할머니가 얼마나 외로울지 잠시 실감했다. 할머니에게 괜스레 미안해졌다.

"앞으로 나랑 자주 먹으러 와."

새별이 말에 할머니가 생그레 웃었다. 부침개가 바닥을 드러낼 때쯤 새별이는 아까부터 내내 할머니에게 묻고 싶었던 이야기를 꺼냈다.

"할머니, 30년 전에 우리나라에서 엄청 큰 사고가 있었다면서? 학생들도 많이 죽고."

"30년 전뿐이냐? 사고야 늘 일어났지. 몇 년 전에도 학생들 수백이 죽고, 얼마 안 지나 생떼 같은 젊은이들이 세상을 떠났잖아. 쯧쯧쯧, 자식 앞세운 그 부모 심정이 어떨꼬."

새별이도 몇 년 전 일어났던 사고들이 떠올라 마음이 안 좋았다.

"맞아, 진짜 믿기지 않는 사고들이었어. 근데 멀쩡하던 한강 다리가 갑자기 뚝 끊어진다는 것도 너무 비현실적인 사고 같아."

할머니가 부침개를 집던 젓가락을 딱 멈추고 새별이를 바라봤다.

"네가 그 사고를 알아?"

"응, 요즘 학교에서 우리나라 근현대사 공부 하거든. 그 중에 성수 대교 붕괴 참사도 있더라고."

새별이는 할머니가 이상하게 여기지 않게 얼른 둘러댔다. 할머니는 별다른 대꾸 없이 물만 한 모금 마셨다.

"기사 찾아보니까 엄마네 학교 학생들이 많이 희생됐더라……."

새별이 말에 할머니가 흠칫 놀라며 물었다.

"그것까지 알고 있어?"

"응, 엄마는 무사해서 다행이야. 그래도 엄청 충격이 컸을 것 같아. 같은 학교 학생들이 그렇게 됐으니까. 그중에 엄마 친구가 있었을지도 모르고……."

새별이가 조심스레 말을 꺼냈다.

"네 엄마는 아무 잘못 없다."

갑작스러운 할머니 말에 새별이는 깜짝 놀랐다. 당연히 그 사고에 엄마가 어떤 잘못을 했을 거라는 생각은 한 번도 해 보지 않았으니까. 그런데 할머니는 왜 이런 말을 하는 걸까.

할머니가 단호한 표정으로 말을 이었다.

"그 일 있고 네 엄마가 얼마나 힘들어했는지. 네 엄마까지 잘못될까 봐 마음 졸인 거 생각하면……."

할머니 눈에 어느새 눈물이 맺혔다.

"엄마한테 무슨 일이 있었는데?"

"후유, 다 내 잘못이지……."

할머니가 잠시 고민하다 천천히 입을 열었다.

"그래, 우리 새별이도 이제 다 컸으니까 제 엄마가 어떤 상처를 안고 사는지는 알아야지……."

참사 당일 할머니가 늦게 일어나는 바람에 엄마도 늦잠을 잤고, 친구와의 약속에 늦었다. 여기까지는 새별이도 꿈에서 봐서 알고 있는 내용이었다. 하지만 그 뒤는 예상하지 못했다.

그 친구는 엄마를 기다리다 평소 타던 시간의 버스가 아닌 다른 버스에 올랐다. 당시에는 스마트폰이 없었으니 늦잠을 잤다고 친구에게 연락할 방법도 없었다. 그래서 엄마가 미리 친구에게 제안했다고 한다. 만약 누구라도 약속 시간에 맞춰 오지 않으면 버스 두 대만 딱 보내고, 세 번째 오는 버스를 타기로. 적어도 세 번째 오는 버스는 타야 지각을 하지 않기에 그렇게 정했다고 했다.

그런데 그날 세 번째 온 버스가 하필 사고가 난 그 버스였다. 뒤늦게 이 사실을 알고 친구 부모님은 엄마를 원망했다. 엄마 역시 심한 죄책감에 시달렸다. 왜 하필 그날 늦잠을 잤는지, 왜 하필 세 번째 오는 버스를 타라고 했는지 날마다 자기 가슴을 쳤다고 했다. 새별이는 얼마 전 꿈에서 본 한 아줌마가 엄마를 원망하며 울부짖던 모습이 떠올랐다. 그제야 의문이 풀렸다.

"네 엄마가 희연이를 얼마나 좋아한 줄 아니? 너랑 아라보다 더한 단짝이었지. 중학교 때부터 5년을 내리 붙어 다녔으니까. 그런데 희연이가 그렇게 떠나고……. 흐흑, 다 내 탓이다. 내가 그날 늦잠만 자지 않았어도……. 그놈의 화분 갈이가 뭐 중요하다고……."

할머니가 가슴을 탕탕 쳤다. 할머니 눈에서 결국 눈물이 흘러내렸다. 30년이나 지난 일이지만 할머니에게도 여전히 어제 일처럼 선명한 상처인 것 같았다. 할머니도 그동안 괴로워하고 있었다는 생각에 새별이 마음이 더욱 아팠다. 잠시 뒤 할머니가 눈물을 훔치고는 단호하게 말을 뱉었다.

"네 엄마는 요만큼도 잘못 없다. 너도 그렇게 알아."

10

초능력의 힘

"요즘 마요네즈랑은 잘돼 가?"

"응, 뭐 그냥⋯⋯."

새별이 물음에 아라가 얼굴을 붉히며 수줍게 답했다. 얼버무리기는 해도 두 사람 사이는 예전과 확연히 달라졌다. 둘이 함께 있는 걸 보면 달달한 로맨스 드라마를 보듯 새별이마저 살짝 설렐 정도다. 하지만 성격 급한 새별이에게 지금 같은 답답한 전개는 썩 마음에 들지 않았다.

"둘 중 누구도 사귀자는 말은 아직 안 한 거고?"

"으, 응, 그렇지, 뭐⋯⋯."

아라는 뭐가 그리 좋은지 코를 찡긋하며 웃었다.

"후유, 대체 언제까지 그렇게 애매하게 굴 거야? 마요네즈 이 녀석, 만나기만 해 봐라."

혼자 열을 내는 새별이를 두고 아라의 눈길이 딴 곳으로 향했다.

"어……, 저기 용진이다."

"쯧쯧, 쟤도 양반은 못 되겠네."

마용진이 학교 뒤편에서 자전거를 끌고 슬슬 걸어오고 있었다. 예전 같으면 자전거를 잡자마자 쌩 타고 가 버렸을 텐데, 거북이보다 느리게 걸어오면서 학교 건물 쪽을 힐끔힐끔 살폈다. 아라를 찾는 게 틀림없었다.

"내가 한마디 따끔하게 해 줘?"

마용진을 흘겨보면서 새별이가 말하자 아라가 펄쩍 뛰었다.

"그러지 마, 제발. 응? 우리가 알아서 할게."

"우리? 언제부터 우리라는 말이 그렇게 자연스러워진 거야? 응?"

새별이가 아라의 옆구리를 간지럽히며 놀려 댔다. 아라가 까르르 웃으며 요리조리 몸을 피했다. 대체 언제까지 기다려야 할지 모르지만, 새별이는 그만 한 발짝 물러서기로 했다. 뭐, 둘이 알아서 하겠지.

"아라야, 오늘은 집에 따로 가자."

"왜? 지난주에도 이틀이나 함께 못 갔잖아."

"마요네즈가 있는데 케첩도 함께하셔야죠."

"뭐어? 케첩?"

"응, 마요네즈를 보고 붉게 달아오른 네 얼굴을 보니 케첩이 딱 떠오르네. 크크."

새별이는 장난스레 말을 뱉으며 아라 등을 떠밀었다. 아라는 못 이기는 척 마용진에게 다가갔다. 둘의 얼굴에 금세 웃음꽃이 폈다.

"참 좋을 때다."

새별이는 저도 모르게 할머니가 자신을 보고 종종 하던 말을 내뱉었다.

"내가 보기엔 네가 가장 좋을 것 같은데?"

갑자기 끼어든 목소리에 고개를 휙 돌렸다. 연휘가 빙글빙글 웃고 있었다.

"뭔 소리야, 갑자기?"

"초능력자에 이어 셜록 홈스 못지않은 탐정 역할까지 하고 있잖아."

연휘가 알아듣지 못할 말을 떠들어 댔다. 그때, 뒤에서 누군가 연휘를 불렀다. 처음 보는 여자아이가 조그마한 선물 상자를 들고 서 있었다.

"연휘야, 이거 받아. 내가 가장 좋아하는 초콜릿이야. 정말 달콤해. 꼭 너처럼."

여자아이는 닭살 올라오는 말을 뻔뻔하게 잘도 뱉었다.

"고맙다."

연휘가 무심하게 선물 상자를 받았다. 거절당할까 봐 걱정했었는지 여자아이 표정이 밝아졌다.

"그럼 내일 또 보자."

여자아이가 연휘에게 인사를 건넨 뒤 친구들이 기다리고 있는 쪽으로 달려갔다. 등을 휙 돌리던 잠깐 사이 새별이를 힐끔 쏘아보는 것도 잊지 않았다. 멀리서 까르륵 웃는 여자아이들 웃음소리가 들렸다. 새별이는 왠지 기분이 상해 말이 퉁명스레 나갔다.

"딴 반에는 아직 네가 또라이라는 소문이 안 퍼졌나 봐?"

"훗, 그런가."

연휘는 새별이가 또라이라고 도발하는데도 아무렇지 않은 듯 그냥 웃어넘겼다. 둘의 발걸음이 습관처럼 하하 분식 쪽으로 향했다. 분식집 앞에 다다라서야 갑자기 그걸 깨달은 새별이는 아차 싶어 발걸음을 얼른 되돌렸다. 당황한 연휘가 새별이 손목을 잡았다.

"어디 가?"

"집에 가야지."

"뭐야, 여기까지 와 놓고. 들어가자."

연휘가 새별이 손을 끌고 분식집으로 들어갔다. 연휘는 또 어마어마한 양의 음식을 주문했다. 이미 익숙해질 대로 익숙해진 일이라 새별이는 연휘 마음대로 하게 두었다. 그보다는 아까부터 궁금했던 걸 슬쩍 꺼내 물었다.

"아까 걔는 누구야? 아는 애야?"

"누구?"

연휘가 떡볶이 하나를 한입에 넣으며 되물었다.

"있잖아, 너한테 그거 준 애."

새별이가 눈짓으로 탁자에 놓인 선물 상자를 가리켰다.

"아, 아까 교문 앞에서 만난 애? 처음 보는데."

"뭐? 근데 그런 선물을 그냥 아무 생각 없이 막 받았단 말이야?"

흥분한 새별이의 목소리가 높아졌다. 연휘가 의아한 표

정을 지었다.

"나 주려고 가져온 건데 그럼 안 받아? 주는 사람 무안하게."

"너는 진짜 눈치가 없는 거냐, 모르는 척하는 거냐? 정말 미스터리 말고 다른 데는 눈곱만큼도 관심이 없는 거야?"

"대체 내가 뭘 잘못한 건데?"

"여자 마음을 이렇게 모르다니……. 아, 됐다, 됐어."

새별이는 계속 말을 이으려다 그만두었다. 구구절절 설명하는 것도 구차했다. 연휘는 정말 여자 마음을 눈곱만큼도 모르는 건가.

이런 선물을 덥석 받으면 당연히 상대에게 관심 있는 거라는 착각을 불러일으킨다. 그러면 그 사람은 혼자서 좋아하는 마음을 계속 키워 가겠지. 그런 희망 고문은 남녀 사이에 절대 해서는 안 될 일이다. 절대, 절대로!

연휘에게 해 줄 말이 한가득 있었지만, 저 무심한 표정을 보니 말해 봤자 소용없을 것 같다는 생각이 들었다.

"뭐야, 괜히 사람 궁금하게."

연휘는 말은 그렇게 했지만 새별이가 무슨 말을 하려 했는지 하나도 궁금해 보이지 않았다. 곧 떡볶이 먹는 데만 온 신경을 집중했으니까.

떡볶이를 먹고 나온 둘은 자연스레 호수 공원을 향해 걸었다. 새별이는 문득 그 사실을 또 한 번 깨닫고는 혼자 피식 웃었다.

"아까는 그렇게 열을 펄펄 내더니 갑자기 왜 웃어? 여자 마음은 진짜 모르겠다."

연휘가 고개를 절레절레 저었다.

"그냥. 습관이란 게 진짜 무섭구나 싶어서."

연휘가 새별이 말뜻을 바로 알아듣고는 함께 웃었다.

"큭, 그러네. 네 얼굴을 보면 왠지 떡볶이가 생각난단 말이야."

새별이가 눈을 흘기자 연휘가 한마디 덧붙였다.

"그리고 반짝이는 윤슬도."

햇빛을 받아 빛나는 연휘 얼굴을 보고 새별이 머릿속에도 윤슬이 떠올랐다. 갑자기 가슴이 뛰었다. 떨리는 마음을 들키고 싶지 않았다. 새별이는 저벅저벅 앞서 나가며 연휘를 재촉했다.

"얼른 호수 한 바퀴 돌고 집에 가자."

연휘가 웃으며 따라왔다. 그러더니 호수 앞에 이르자마자 기다렸다는 듯 물었다.

"엄마의 과거 미스터리에 대한 실마리는 좀 찾았어?"

그럼 그렇지. 연휘의 관심사는 온통 지금 새별이에게 일어난 미스터리한 사건에 가 있을 뿐이다. 아주 잠시 설렜던 자신이 한심하게 느껴졌다. 새별이는 애써 아무렇지 않은 척하며 답했다.

"응, 짐작이 맞았어. 그 꿈의 주인은 우리 엄마야."

"그랬구나. 그런 큰 사고를 당한 사람들은 그 트라우마가 평생 간다고 하던데……. 그러니까 지금도 계속 그런 악몽을 꾸시는 거겠지."

새별이는 문득 은별이 얼굴이 떠올랐다. 1년이나 지났지만 새별이 역시 은별이 사고에 대한 충격과 공포가 마치 어제 일처럼 생생하니까. 은별이가 깨어나지 못하는 한 아마 평생 잊히지 않을 것 같다. 아니, 기적적으로 깨어난다 해도 그때의 악몽은 여전히 지워지지 않을 것 같다. 새별이는 평온하기만 한 호수를 바라보며 말을 이었다.

"게다가 그 사고로 엄마는 가장 친한 친구를 잃었어."

"어떻게 그런 일이……."

충격을 받았는지 연휘가 말을 잇지 못했다.

"내가 더 마음 아픈 건 엄마가 친구의 죽음이 자기 때문이라고 생각한다는 거야."

"대체 왜? 그건 단지 불행한 사고였을 뿐이잖아."

새별이는 할머니에게 들은 이야기를 들려주었다. 그제야 연휘도 어떤 마음인지 알겠다는 듯 고개를 끄덕였다. 새별이가 한숨을 푹 내쉬었다.

"엄마의 죄책감을 조금이라도 덜어 주고 싶어. 그게 얼마나 힘든 건데……."

아끼는 사람이 나 때문에 잘못됐다는 죄책감. 그게 얼마나 고통스러운지 새별이는 누구보다 잘 알고 있다. 지난 1년 동안 새별이를 내내 괴롭혔던 문제니까. 엄마는 그 짐을 무려 30년 가까이 짊어지고 있었다. 새별이에게는 그나마 은별이가 언젠가 깨어날 거라는 기대라도 있지만, 엄마에게는 붙잡을 희망도 없었다. 그 생각만 하면 새별이 가슴이 무겁게 내려앉았다.

연휘는 호수 위에 반짝이는 윤슬을 바라보며 한동안 아무 말이 없었다. 새별이도 혼자만의 생각에 빠졌다. 한참 뒤 연휘가 천천히 입을 열었다.

"어쩌면 너희 엄마를 도울 방법이 있을지도 몰라."

"방법? 그게 뭔데?"

"그건 천천히 찾아 봐야지."

뭔가 해법이 있을 거라 기대했는데 실망스러웠다. 연휘가 새별이 눈을 똑바로 바라보며 말했다.

"이제부터는 진짜 너에게 달려 있어, 꿈 소녀."

"뭐가?"

"너한테 갑자기 이런 능력이 생긴 데는 분명 이유가 있을 거야. 네가 너희 엄마를 평생 괴롭히던 문제를 푸는 데 도움이 될 수 있지 않을까. 한마디로 너희 엄마의 슈퍼히어로가 되는 거지."

"갑자기 무슨 소리야? 하나도 못 알아듣겠어."

"어쩌면 너희 엄마가 놓치고 있는 게 있을지 몰라. 세상에 숱한 미스터리를 봐 온 미덕으로서 왠지 그런 예감이 들어."

"그게 뭔데?"

"그건 네가 찾아 봐야지."

"어떻게?"

"뭘 어떻게야? 당연히 꿈속에서지."

꿈을 걷는 소녀

연휘가 자꾸 알쏭달쏭한 말을 내뱉었다.

"꿈 내용을 좀 더 자세히 떠올려 봐. 그리고 또다시 엄마 꿈속에 들어가게 된다면 작은 것 하나라도 허투루 넘기지 말고 자세히 관찰하고."

연휘 말을 듣고 있으니 자신이 진짜 셜록 홈스 같은 탐정이라도 된 것 같은 착각이 들었다.

"그것만으로 무슨 방법을 찾을 수 있을까? 어쨌든 엄마가 늦잠만 안 잤다면 그 친구도 평소 타던 시간에 버스를 탔을 거 아냐. 아니, 세 번째 오는 버스에 타자고 말하지만 않았어도 그 사고를 피해 갔겠지……."

"결과는 아무도 몰라. 하지만 시도는 해 봐야 하지 않겠어?"

이런 게 진짜 희망 고문일지도 모른다. 하지만 새별이는 왠지 연휘 말을 믿고 싶었다. 그리고 다른 사람 꿈속에 들어갈 수 있는 능력이 어쩌면, 정말 어쩌면 처음으로 도움이 될지 모른다는 생각이 들었다.

아지트

새별이는 연휘와 헤어지고 할머니 집으로 갔다. 엄마의 과거 흔적이 아직 남아 있는 곳. 그곳에서라면 뭔가 단서를 찾을 수 있지 않을까. 연락도 없이 온 새별이를 보고 할머니는 놀라면서도 반가운 마음을 숨기지 못했다. 할머니는 맛있는 간식을 만들어 주겠다며 부엌에서 부산하게 움직였다.

그사이 새별이는 다락방에 올라갔다. 그리고 엄마 앨범을 다시 꺼내 들었다. 빨간색 앨범은 다행히 새별이가 며칠 전 놓아둔 그 자리에 그대로 있었다. 혹시라도 할머니가 치우지 않았을까 걱정했는데 다행이었다.

새별이는 자그마하게 뚫린 창문에 기대앉아 앨범에 꽂

꿈을 걷는 소녀

힌 사진을 찬찬히 살펴보았다. 그러면서 자신이 꿨던 엄마의 꿈 내용도 머릿속에 그려 보았다. 하지만 특별히 새롭게 눈에 들어오는 건 없었다. 아무리 앨범을 들여다봐도 달라질 건 없을 것 같았다. 다시 엄마 꿈속에 들어간다면 그때 조금 더 자세히 살펴봐야겠다. 아무것도 몰랐던 상태와는 분명 다른 게 보이지 않을까.

새별이는 그만 자리에서 일어났다. 막 나무 사다리를 내려가려는데, 휑뎅그렁한 다락방이 마음에 걸렸다. 곳곳에 은별이와의 추억이 묻어 있는 곳. 지금도 공간은 그대로 남아 있지만, 그때와 너무 많은 게 변해 버렸다. 세상에서 가장 아늑하고 늘 신나는 일이 벌어졌던 공간은 이제 아무 쓸모없는 곳으로 바뀌어 버렸다. 그리고 지금 이곳에 함께 있어야 할 은별이가 없다.

"우리만의 멋진 아지트였는데……."

새별이는 다음에 할머니 집에 오면 다락방을 깨끗하게 청소해야겠다고 마음먹었다. 은별이와 함께 놀던 때처럼 예쁘게 꾸미고 싶었다. 이 다락방이 그리워서라도 은별이가 깨어나 주지 않을까. 막연한 기대를 품었다.

애써 쓸쓸한 마음을 달래며 나무 사다리를 내려오는데,

문득 어떤 생각이 머릿속을 번개처럼 스쳐 지나갔다.

"맞다, 아지트!"

심장이 빠르게 뛰었다. 새별이는 얼른 부엌으로 달려
갔다.

"할머니, 혹시 엄마 고등학교 친구네랑 아직 연락 닿
아?"

"고등학교 친구 누구? 혹시 죽은 희연이 말하는 거냐?"

새별이가 얼른 고개를 끄덕였다.

"뜬금없이 그건 왜 물어?"

"아, 그냥 갑자기 궁금해서. 그 친구 어머니가 엄마를
보고 싶어 하시지 않을까 싶기도 하고……."

할머니에게 뭐라고 설명해야 좋을지 몰라 얼버무리고
말았다. 할머니가 굳은 표정으로 말했다.

"그럴 일은 없다. 그리고 연락 끊긴 지도 오래야. 그 사
고 이후 여기로 바로 이사 오고, 엄마도 전학을 왔으니까.
서로 얼굴 봐서 좋을 게 뭐 있겠니. 괜히 가슴 아픈 기억만
떠오르지."

할머니는 더는 이야기하고 싶지 않은 듯 달콤한 꿀로 범
벅이 된 고구마 맛탕을 내밀었다.

꿈을 걷는 소녀

"이것 좀 먹어 보렴. 아주 달달하니 맛있게 됐다."

새별이는 마음이 급했지만, 그렇다고 할머니 정성을 무시할 수는 없었다. 허겁지겁 맛탕을 먹고는 서둘러 할머니 집을 나섰다.

"분명히 아지트에 숨겨 놨다고 했는데······."

누구에게라도 지금 하는 생각을 말하고 싶었다. 생각나는 사람은 한 명밖에 없었다. 헤어진 지 몇 시간 되지도 않아 연락한다는 게 조금 쑥스러웠지만, 연휘에게 문자를 보냈다.

나, 뭔가 찾은 것 같아.

기다렸다는 듯 연휘에게서 답이 왔다.

뭔데? 지금 호수 공원으로 갈까?

연휘는 당장이라도 달려 나올 기세였다. 새별이는 답을 하는 대신 통화 버튼을 눌렀다. 신호가 가기 무섭게 연휘가 전화를 받았다. 연휘와의 전화 통화는 처음이었다. 수

화기 너머 듣는 연휘 목소리는 평소보다 조금 더 낮고 부드러웠다.

"꿈 소녀가 대체 뭘 발견했을까?"

연휘가 기대 섞인 목소리로 물었다.

"꿈에서 들은 말이 생각났어."

"누구한테 뭘 들었는데?"

"엄마 친구가 사고를 당하기 전날 그랬거든. 이틀 뒤가 어머니 생신이었나 봐. 그래서 선물을 준비했다고 했어."

"어머니 생신 전날 그렇게 됐다니……. 마음 아프다. 근데 그 말이 왜? 이상한 점이라도 있었어?"

"그 선물을 자기 아지트에 숨겨 놨다고 했거든."

"숨겨? 아지트에?"

"응, 엄마에게 깜짝 이벤트를 해 주고 싶었나 봐. 엄마가 미리 볼까 봐 아지트에 숨겼다고 하더라고. 그래서 말인데, 그 어머니가 딸이 준비한 생일 선물을 찾았을까?"

"글쎄, 아지트가 얼마나 비밀스러운 공간이었느냐에 따라 다르겠지. 만약 30년이 지난 지금까지 딸이 마지막으로 남긴 선물을 받아 보지 못했다면……. 하아, 그건 너무 슬프고 안타까운 일이다."

꿈을 걷는 소녀

새별이 생각도 바로 그거다.

"만약 그렇다면 말이야, 우리 엄마가 그 일을 해 줄 수도 있지 않을까?"

"무슨 일?"

"친구 어머니께 딸이 남긴 마지막 선물을 찾아 주는 일 말이야. 엄마는 어쩌면 친구의 아지트가 어디인지 알지도 몰라. 나도 우리 엄마한테 말하지 않는 비밀을 아라에게는 다 하거든."

"네 말대로 된다면 그 친구 어머니에게 정말 큰 선물이 되겠다. 너희 엄마 마음도 조금 편해지실지 모르고."

연휘 말을 듣고 나자 더욱 확신이 생겼다. 아직 확실한 건 아무것도 없지만, 자신이 무언가 도움이 될 수 있을지도 모른다는 생각에 마음이 급했다.

"좀 더 알아봐야겠어."

"그래, 꿈 소녀 파이팅!"

연휘의 응원을 받으며 전화를 끊었다. 새별이는 곧장 집을 향해 달렸다. 그리고 엄마에게 할 말을 머릿속으로 떠올려 보았다. 엄마의 상처를 건드리지 않으면서 최대한 자연스럽게 엄마의 기억을 떠올릴 방법을 찾고 싶었다.

다행히 엄마는 막 퇴근해서 집에 와 있었다. 시간을 보니 벌써 8시가 넘었다.

"늦었네. 아라랑 있었니? 저녁은?"

엄마가 피곤해 보이는 얼굴로 물었다. 새별이는 마른침을 삼킨 뒤 집에 오는 내내 준비했던 말을 꺼냈다.

"아라 엄마가 곧 생신이거든. 그래서 같이 선물 고르느라 늦었어. 저녁은 먹었고."

지어낸 이야기이긴 하지만, 지금으로서는 이게 엄마에게 과거 기억을 떠올리게 할 가장 좋은 방법이었다.

"그래, 얼른 씻고 쉬어."

새별이는 엄마가 방으로 들어가 버리기 전에 재빨리 할 말을 덧붙였다.

"아, 그런데 아라가 좀 재밌는 생각을 하더라고."

엄마가 걸음을 멈추고 새별이를 돌아봤다. 새별이는 조용히 안도의 숨을 내쉬며 말을 이었다.

"아라가 엄마 선물을 바로 주지 않을 거래."

"애써 사 놓고 왜?"

"그럼 시시하다나? 그 대신 자기 아지트에 꽁꽁 숨겨 놓겠대. 그래서 추리 소설에 나오는 것처럼 아지트가 어디인지 단서를 하나씩 주고 엄마가 직접 선물을 찾게 할 거래. 그렇게 어렵게, 어렵게 찾으면 엄마가 느끼는 감동도 두 배로 커질 거라면서."

새별이는 조심스레 엄마 반응을 살폈다. 엄마는 아라의 마음이 잘 이해되지 않는지 고개를 갸웃했다. 엄마가 여전히 과거 기억을 떠올리지 못하는 것 같아 새별이는 얼른 말을 덧붙였다.

"나도 내년 엄마 생일 때 그렇게 해 볼까? 엄마도 내 아지트 어딘지 모르잖아."

새별이는 마지막 희망을 걸며 아지트에 일부러 힘을 줘 말했다.

"글쎄, 엄마는 그런 거 좀 피곤할 것 같은데. 그리고 네 아지트야 할머니네 다락방……."

여기까지 말하던 엄마가 멈칫했다. 무언가 떠올리듯 미간을 찌푸렸다. 새별이는 내심 기대하며 엄마가 옛 기억을 떠올리기를 바랐다. 하지만 엄마는 곧 "그럼 쉬어." 짧게 한마디 뱉고는 바로 방으로 들어가 버렸다. 방문을 닫고 들어가는 엄마 뒷모습을 보니 절로 한숨이 새어 나왔다.

'작전 실패.'

과거 친구가 했던 이야기를 엄마에게 자연스레 떠올려 보게 할 셈이었는데 통한 것 같지 않았다. 새별이도 그만 방으로 들어가려는데 안방에서 가만가만 내뱉는 엄마 목소리가 들렸다. 새별이는 얼른 방문에 귀를 갖다 댔다. 엄마가 누군가와 통화를 하고 있었다.

"별일 있는 건 아니고……, 그냥 내일이 희연이 기일이 잖아……."

희연이라는 말에 귀가 번쩍 뜨였다. 낙지 빨판처럼 몸을 최대한 문에 바짝 붙이고 귀를 기울였다. 엄마 목소리가 조금 더 선명하게 들려왔다.

"혹시 희연이네 소식 아는 거 없죠? ……아니, 그런 거 아니야……. 그게 벌써 언제 적 일인데……. 네, 엄마도 주무세요."

할머니랑 한 통화였다.

'엄마가 궁금한 게 뭘까……. 혹시 옛 기억이 떠오른 걸까.'

새별이가 곰곰이 생각에 잠겨 있는데, 갑자기 방문이 벌컥 열렸다. 새별이는 깜짝 놀라 몸을 움찔했다.

"여기서 뭐 해? 할 말 있어?"

"아, 아니. 잠깐 물 마시러 나왔어."

새별이는 냉장고에서 물을 꺼내며 엄마 눈치를 살폈다. 엄마는 커피포트에 물을 끓이고 캐모마일차를 꺼냈다. 엄마 얼굴이 복잡해 보였다. 저녁 늦게 갑작스레 할머니에게 전화해서 친구 어머니의 소식을 물은 데는 틀림없이 이유가 있을 것이다.

'혹시 다시 만나고 싶은 걸까. 그 아주머니를⋯⋯.'

어쩌면 새별이 말이 영향을 끼쳤는지도 모른다. 엄마는 무언가를 골똘히 생각하며 천천히 차를 마셨다. 새별이는 그런 엄마를 방해하고 싶지 않아 그만 방으로 들어왔다.

※

엄마가 초조하게 손톱을 물어뜯고 있었다. 그동안 꿈에서 보던 교복 입은 엄마가 아닌, 현재 모습 그대로였다. 나는 처음 와 보는 오래된 주택가 앞이었다. 엄마는 그중 어느 한 집 앞에 서서 발걸음을 돌렸다, 다시 오길 반복했다.

'여기 누가 살고 있는 거지?'

나는 페인트가 군데군데 벗겨진 파란 대문을 물끄러미

바라보았다.

드디어 마음을 정했는지 엄마 손이 대문 옆에 붙은 동그란 초인종으로 향했다. 초인종 앞에 멈춘 엄마 손이 파르르 떨렸다.

그 순간, '탁탁탁' 소리와 함께 누군가 대문 안쪽에서 걸어 나오는 소리가 들렸다. 방금까지 초인종을 누르려 하던 엄마는 소리가 나자 몸을 휙 돌리고는 도망치듯 그 자리를 떠났다. 동시에 끼익 소리와 함께 파란 대문이 열렸다.

나오는 사람을 보려고 고개를 돌렸다. 하지만 눈앞이 점점 희뿌예지면서 사람의 형체만 얼핏 알아볼 수 있었다.

'대체 누구지⋯⋯?'

✻

새별이가 눈을 번쩍 떴다. 궁금증을 잔뜩 안은 채였다. 갑작스레 꿈에서 깨는 바람에 파란 대문에서 나오는 사람 얼굴은 보지 못했다. 하지만 얼핏 짐작 가는 데가 있었다.

'혹시⋯⋯.'

어쩌면 친구 엄마를 찾아갔을지 모른다는 생각이 들었

꿈을 걷는 소녀

다. 뭔가 생각이 난 걸까. 아니면 새별이 말을 듣고 친구 엄마가 떠오른 걸까.

아직 엄마도, 새별이도 일어날 시간은 안 됐지만 새별이가 꿈에서 깨어났으니 엄마 역시 깼을 거라는 생각이 들었다. 새별이는 자리에서 일어나 거실로 나가 보았다. 짐작이 맞았다. 막 잠에서 깼는지 엄마가 부스스한 얼굴로 식탁 앞에 앉아 있었다. 무슨 생각에 잠겼는지 새별이가 나온 것도 모르는 것 같았다. 엄마도 꿈에 본 파란 대문 너머의 사람이 궁금한 걸까.

새별이가 가만히 말을 건넸다.

"안 자고 뭐 해?"

그제야 엄마가 흠칫 놀라며 새별이를 돌아보았다.

"오늘은 일찍 깨서. 넌 왜 더 안 자고 나와?"

"나도 일찍 깼어."

그 뒤로 엄마와의 대화는 좀체 이어지지 않았다. 파란 대문 앞에서 한참을 망설이던 엄마 모습이 떠올랐다. 엄마의 작은 어깨가 오늘따라 더 안쓰러워 보였다. 그래서였을까. 저도 모르게 불쑥 말이 튀어나와 버렸다.

"엄마한테 용기 내야 할 일이 생기면 말해. 내가 옆에 있어 줄게."

엄마는 뜬금없이 그게 무슨 소리냐는 듯 새별이를 멀거니 바라봤다.

'헉, 내가 지금 무슨 말을 한 거야?'

새별이는 왠지 쑥스러워 입을 틀어막으며 후다닥 방으로 들어왔다. 하지만 엄마에게 한 말을 후회하지는 않았다. 조금 닭살이 돋았을 뿐, 그게 지금 자신이 엄마에게 꼭 해 주고 싶은 말이었다는 걸 깨달았으니까.

"새별아, 저기, 나, 할 말 있어⋯⋯."

등굣길에 만난 아라가 무언가 하기 힘든 말이 있는 듯 몸을 배배 꼬았다. 새별이는 가슴이 덜컥해 재빨리 물었다.

"왜? 무슨 일인데? 설마 마요네즈가 너 싫대? 너, 차였어? 그런 거야?"

"아, 아니, 그게 아니라⋯⋯."

아라가 황급히 손을 내저었다. 그러고는 조심스레 말을 이었다.

"⋯⋯실은 어제부터 용진이랑 1일 하기로 했어."

아라는 말을 끝내자마자 두 손으로 볼을 감싸 쥐었다. 이미 얼굴은 발갛게 물들어 있었다.

"어어어······."

새별이는 잠시 머리가 띵해 제대로 말을 잇지 못했다. 분명 기다려 왔던 말인데 마음 한구석이 왠지 허전한 이 느낌은 뭘까. 단짝에게 남자 친구가 생긴다는 게 이런 기분인 걸까. 이미 아라가 마용진에게 고백했다고 말했을 때부터 각오한 일이지만 막상 현실로 닥치니 쉽사리 입이 안 떨어졌다.

"축하 안 해 줘?"

아라가 조금 서운한 목소리로 물었다.

"앗, 미, 미안. 어젯밤에 잠을 좀 설쳐서 잠깐 정신이 멍했어. 정말 잘됐다. 축하해!"

"고마워. 다 네 덕분이야. 너 아니었으면 용진이처럼 다정하고 좋은 아이랑 어떻게 친해졌겠어? 그러고 보면 내가 친구 하나는 정말 잘 사귄 것 같아. 헤헤."

낙엽이 나뒹구는 가을이지만 아라 얼굴에는 봄꽃이 활짝 폈다.

"그래도 여전히 내가 제일 좋은 거 맞지?"

새별이가 살짝 눈을 흘기며 장난스레 물었다. 아라가 얼른 새별이 팔짱을 끼며 코를 찡긋했다.

"그럼! 우리는 꿈에서도 통하는 영혼의 단짝이잖아."

꿈이라는 말을 들으니 마음이 무겁게 내려앉았다. 엄마 얼굴이 떠올라서다.

'바로 오늘인데……. 엄마는 오늘 하루를 어떻게 보내고 있을까. 아니, 견디고 있을까.'

"너도 얼른 남자 친구 사귀면 좋을 텐데."

아라가 뱉은 말에 새별이 생각이 곧 현실로 돌아왔다.

"남자 친구는 무슨, 좋아하는 애도 없는데."

"연휘는 어때? 요즘 둘이 부쩍 친해 보이더라."

"치, 친하긴 누가."

"말 더듬는 거 보니까 수상한데. 연휘가 좀 독특하긴 하지만, 나는 자기 색깔이 분명한 것 같아서 오히려 좋게 보여. 다른 애들이랑은 확실히 좀 다르잖아."

"아휴, 네가 커플이 되니까 온 세상이 다 아름다워 보이는구나. 안 그래도 애들이 자꾸 연휘랑 엮는 것 같아서 신경 쓰이는데 너까지 그러지 마."

"훗, 알았어. 그런데 새별아……."

아라가 새별이 눈을 보며 새삼 진지한 표정을 지었다. 새별이는 아라의 다음 말을 잠자코 기다렸다.

"……난 너만 좋다면 대찬성이야. 크크큭."

아라가 새별이를 놀리며 저만치 앞서 달려갔다.

"아이 정말, 아니래도!"

새별이가 소리치며 아라를 뒤따라 달렸다.

아라가 마용진과 커플이 된 뒤 새별이의 학교생활에 조그만 변화가 생겼다. 아라가 이제 일주일에 두 번은 마용진과 함께 집에 가기로 했기 때문이다. 둘이 데이트할 시간도 필요할 테니 새별이도 너그럽게 이해했다. 하지만 늘 옆에 있던 아라 없이 혼자 집에 갈 때면 어쩔 수 없이 외로움이 밀려왔다. 바닥에 떨어진 낙엽을 발로 툭툭 차며 걷는데, 저 앞에서 아이들이 웅성거리는 소리가 들렸다. 싸움이라도 났는지 몇몇 아이들이 누군가를 빙 둘러싸고 있었다.

'안 그래도 심심했는데 잘됐다.'

세상에서 가장 재밌는 게 싸움 구경이라고 했던가. 새별이는 씩 웃으며 냉큼 달려가 구경꾼들 사이를 비집고 들어갔다.

'어!'

아이들에게 둘러싸인 주인공을 본 순간, 새별이는 더는 웃을 수 없었다. 연휘가 바로 거기 있었다.

"또라이 주제에 감히 누굴 넘봐?"

덩치가 커다란 남자아이가 금방이라도 연휘를 칠 것처럼 으르렁거렸다. 옆 옆 반이라 새별이도 얼굴은 아는 아이였다. 딱 봐도 불량해 보이는 게 저대로 싸움이 붙었다가는 연휘가 백 퍼센트 질 것 같았다. 연휘가 또라이라지만, 아무하고나 싸울 아이는 아닌데. 새별이는 자기도 모르게 발을 동동 구르며 아슬아슬한 두 사람을 지켜봤다.

"우리 지영이 어떻게 꼬셨냐? 어? 말해 봐, 새꺄!"

남자아이 말이 점점 거칠어졌다. 하지만 연휘는 교실에서 보이는 그 특유의 무심한 표정을 지으며 물었다.

"지영이가 누군데?"

"뭐? 하아, 이제 아예 모른 척하시겠다? 좋아, 그렇게 발뺌하겠다면 내가 제대로 기억나게 해 주지."

남자아이가 주먹을 번쩍 치켜들었다. 새별이는 곧 이어질 끔찍한 광경을 보고 싶지 않아 눈을 질끈 감았다. 이상

꿈을 걷는 소녀

했다. 금방이라도 '퍽' 소리가 들릴 줄 알았는데 아무 소리도 나지 않았다. 새별이가 슬쩍 눈을 떠 보았다. 놀랍게도 연휘가 남자아이 주먹을 한 손으로 막고 있었다. 그 아이 주먹이 부르르 떨렸지만, 연휘도 힘에서 밀리지 않았다.

'호오, 미덕인 줄만 알았더니 제법인데.'

새별이가 감탄하는 사이 어떤 여자아이가 사람들 틈을 비집고 들어왔다.

'어! 저 아이는…….'

얼마 전 학교 앞에서 연휘에게 선물을 건네고 갔던 그 아이였다.

'오호라, 네가 지영이구나.'

새별이는 그제야 어떻게 돌아가는 상황인지 감이 왔다. 지영이는 덩치 큰 남자아이를 연휘에게서 얼른 떼어 놓으며 소리쳤다.

"너, 지금 뭐 하는 거야? 네가 깡패야?"

그러고는 연휘를 돌아보며 민망한 표정을 지었다.

"미안. 내 전 남친인데 뭔가 오해가 있었나 봐."

지영이는 창피한 듯 남자아이를 잡아끌었다. 남자아이는 못 이기는 척 지영이를 따라갔다. 하지만 자존심을 지

키려는 몸부림인지 마지막까지 연휘를 향해 욕을 내뱉는 걸 잊지 않았다.

"잘도 좋아하시네. 넌 그냥 또라이야, 개또라이!"

의외로 싱겁게 싸움이 끝나자 모여 있던 아이들이 순식간에 흩어졌다. 그리고 거리에는 연휘와 새별이만 남았다. 연휘가 새별이를 빤히 바라보다 이내 고개를 까딱했다.

"뭐 해? 가자."

그러고는 성큼성큼 앞서 걸었다. 설마 했는데 어김없이 하하 분식 방향이었다. 새별이는 그냥 무시하고 갈까 하다가 이번에야말로 연휘에게 단단히 주의를 줘야겠다는 생각에 뒤를 따랐다. 하지만 분식집에 도착할 때까지 기다리기에는 속에서 마구 튀어나오려고 발버둥 치는 말들을 막기가 힘들었다. 하는 수 없이 걸으면서 쉬지 않고 말을 쏟아 냈다.

"거봐, 내가 뭐라고 했어? 그때 지영인가 뭔가 하는 애 선물 받으면 안 된다고 했지? 네가 그렇게 어정쩡하게 구니까 이런 기분 나쁜 일도 생기는 거야. 너 좋다는 여자애들한테 그렇게 희망 고문 하면 안 된다니까. 관심 없을 땐 딱 잘라 거절하는 게 너도 좋고 그 애한테도 좋은 거라고.

내 말 듣고 있어?"

"이렇게 크게 얘기하는데 어떻게 못 들어?"

연휘가 피식 웃었다.

"그럼 무슨 반응을 좀 보이던가……."

새별이가 입을 삐쭉거렸다.

"걔가 다른 반이라 아직 내 실체를 몰라서 그래."

"응?"

"지영이라는 애 말이야. 내가 너나 우리 반 애들한테 하는 것처럼 세상의 온갖 미스터리를 날마다 풀어놓는다고 생각해 봐. 아마 하루도 못 버티고 도망갈걸. 그래서 신경 안 쓰는 거야. 그런 애들은 그냥 내 껍데기만 보고 달려드는 거니까. 중요한 건 바로 여긴데 말이야."

연휘가 자신의 가슴에 가만히 손을 얹었다.

"그런 점에서 넌 꽤 마음에 들어."

"뭐?"

새별이는 갑작스러운 연휘 말에 어쩔 줄 몰랐다.

'갑자기 고백이라도 하려는 거야, 뭐야.'

"뭐지, 이 반응은? 설마 내가 너한테 고백이라도 하는 줄 아는 건 아니지?"

"아, 아니거든!"

새별이가 발끈하자 연휘가 웃으며 말을 이었다.

"사람들은 참 이상하지? 진실은 보려 하지 않고 자기가 보고 싶은 대로만 보잖아."

그 말에는 새별이도 동의했다. 은별이가 사고를 당했을 때, 어떤 이들은 진짜 잘못한 사람이 아니라 피해자를 손가락질하기도 했으니까.

—딱 봐도 어린애가 뭣도 모르고 안전띠 푼 거네.

—애 엄마는 뭐 하고 애를 혼자 그런 위험한 놀이기구에 태워? 이건 백 프로 놀이동산 측 잘못이라고 볼 수도 없음.

—애 엄마는 딴 데 있고 언니가 옆에 있었다던데? 엄마란 사람은 애들만 두고 나몰라라 하고, 그 언니란 애도 대체 뭘 하고 있었는지. 가족이 전부 노답.

—진짜 궁금해서 그러는데, 놀이동산 같은 데는 왜 감?

—백퍼 공감. 그냥 방구석에서 유튜브나 보는 게 짱.

안 그래도 깨어나지 못하는 은별이를 보며 만신창이가 됐던 새별이는 당시 인터넷에 떠돌던 수많은 말에 더욱 마음을 다쳤다. 그리고 억울했다. 내 동생은, 우리 엄마는 그런 사람이 아니라고 소리치고 싶었다. 하지만 설령 그랬다 한들 이미 자기들이 보고 싶은 대로 보는 사람들의 생각을 바꿀 수 있었을까.

일부 비난 여론 때문이었는지 처음에 저자세로 나오던 놀이동산 측도 슬그머니 태도를 바꿨다. 어느 날엔가는 병원에 찾아와 은별이의 과실도 있었을 수 있지 않느냐는 말까지 슬쩍 비쳤다. 이미 큰 충격에 빠져 경황이 없던 엄마는 제대로 대응하지 못했다. 결국 놀이동산 측은 은별이 치료비만 대 주는 선에서 조용히 사건을 마무리 지었다. 놀이동산이 사고 원인을 철저히 조사했는지, 같은 사고가 반복되지 않도록 제대로 된 조치를 취했는지 새별이는 알지 못한다.

새별이는 새삼 그때 일이 떠올라 연휘 말에 크게 고개를 끄덕였다. 그러자 문득 연휘에게 궁금한 게 생겼다. 새별이가 조심스레 입을 열었다.

"애들이 너에 대해 떠드는 소리, 신경 쓰이지 않아? 이를테면 아까처럼 또라이……라고 부르는 거."

새별이는 신경 쓰였다. 사랑하는 가족에 대해 잘 알지도 못하면서 함부로 떠드는 사람들이 미웠다. 실체가 없어 더 답답했다. 그래서 늘 무심한 듯 보이는 연휘지만 조금은 다른 사람들 말에 신경 쓰지 않을까 걱정됐다.

"신경 안 써. 나를 가장 잘 아는 건 나니까. 남들이 뭐라고 떠들어 대더라도 이 안에 있는 본질은 변하지 않거든."

연휘가 또다시 자신의 가슴을 가리키며 덤덤히 말했다. 그 말에 새별이는 그동안 마음을 짓누르고 있던 답답함이 조금은 가벼워지는 기분이 들었다. 새별이는 가만히 연휘 말을 곱씹어 보았다.

"나를 가장 잘 아는 건 나니까……. 그 말 멋지다."

연휘가 새삼 다시 보였다. 마냥 이상해 보이던 아이가 사실은 자기 중심을 꽤 잘 잡고 있다는 생각이 들었다. 연휘가 새별이를 힐끔 돌아보며 물었다.

"그래서 말인데, 요즘은 초능력 안 써?"

연휘가 다시 보인다는 말은 취소다. 서연휘는 변함없다. 여전히 미스터리 덕후일 뿐!

슬픈 재회

"꺅."

새별이는 집에 들어서자마자 귀신이라도 본 듯 소리를 질렀다.

"엄마 보고 왜 그렇게 놀라? 뭐 잘못한 거 있어?"

아직 퇴근 시간 훨씬 전인데 엄마가 집에 있으니 놀랄 수밖에. 새별이가 가슴을 쓸어내리며 물었다.

"깜짝 놀랐잖아. 왜 이 시간에 집에 있는 건데?"

저도 모르게 말이 비뚤게 나갔다.

"그냥. 너도 학교 땡땡이치고 싶은 날 있잖아."

이렇게 말하는 엄마 얼굴이 어딘가 불안하고 초조해 보였다.

'아차.'

새별이는 엄마에게 퉁명스레 말을 뱉은 걸 곧 후회했다. 오늘만은 은별이처럼 다정한 딸이 되어 주고 싶었는데.

"그래서, 땡땡이치고 뭐 하고 싶은데?"

새별이가 슬쩍 물었지만, 엄마는 한참 동안 말이 없었다. 기다리다 지친 새별이가 먼저 말을 꺼냈다.

"영화라도 보러 가?"

엄마가 그제야 새별이를 바라보며 천천히 입을 열었다.

"너, 오늘 아침에 그 말, 진심이야?"

"무슨 말?"

"엄마 옆에 있어 준다고 했던 거."

"아…….."

뜬금없이 뱉은 말이었는데 엄마가 그 말을 기억하고 있어 조금 놀랐다. 새별이가 힘주어 고개를 끄덕이자 엄마가 물었다.

"그럼…… 지금 엄마랑 같이 가 줄래?"

"어딜?"

"그건 묻지 말고."

"혹시 지금이 엄마한테 용기가 필요한 때야?"

엄마가 작게 고개를 끄덕였다. 짐작 가는 바가 있었지만, 엄마 바람대로 더는 묻지 않았다.

"잠깐. 얼른 가방만 내려놓고 나올게."

새별이는 방으로 들어와 깊게 심호흡을 했다. 자신도 이렇게 긴장되는데 지금 엄마 마음은 어떨까. 그래도 엄마가 용기를 내 다행이라는 생각이 들었다.

지하 주차장으로 내려갈 줄 알았는데, 엄마가 1층을 눌렀다.

"오늘은 지하철 타고 가자."

엄마 마음을 알 것 같았다. 지금 제대로 운전할 정신은 아니겠지. 오랜만에 엄마랑 둘이 지하철을 타는 것도 나쁘지 않을 것 같았다.

새별이는 지하철 창문에 비친 엄마 얼굴을 살폈다. 지금 무슨 생각을 하는지 알 수 없는 복잡한 표정이었다. 어릿어릿 보이는 얼굴에서도 잔뜩 긴장하고 있다는 건 느낄 수 있었다. 지하철이 철컹 철컹 철컹 한강 다리 위를 건널 때는 아예 두 눈을 꼭 감았다. 엄마가 안심할 수 있게 손이라도 잡아 주고 싶었지만, 새별이는 멈칫거리기만 했다. 어느 순간 목적지에 다 왔는지 엄마가 말했다.

"내리자."

새별이는 가만히 엄마 뒤를 따랐다. 지하철 계단을 오르
는데 엄마 몸이 잠시 휘청했다. 새별이는 얼른 엄마 팔을
붙잡았다.

"왜 그래? 어지러워?"

"아, 아니야. 괜찮아."

엄마가 다시 계단을 올랐다. 한 걸음, 한 걸음이 힘겨워
보여 마음이 아팠다.

지하철역에서 나와 십 분쯤 걸었을까. 오래된 주택들이
옹기종기 모여 있는 동네가 나왔다. 처음 와 보는 동네라
이리저리 고개를 돌리며 주변을 살펴보았다. 한눈에 봐도
무척 오래되어 보이는 분식집 앞에서 엄마가 걸음을 멈추
었다.

"여기야?"

새별이가 떨리는 목소리로 물었다.

"넌 여기서 기다려. 떡볶이 좋아하잖아. 엄마 잠깐 볼일
보고 올게."

"왜? 같이 가."

"네가 갈 자리가 아니야."

엄마는 새별이 대답은 더 들어 보지도 않은 채 등을 휙 돌려 멀어져 갔다. 일부러 새별이를 떼어 놓으려는 듯이.

"엄마 옆에 있어 준다고 했잖아……."

멀어지는 엄마를 보며 새별이는 가만히 중얼거렸다. 하지만 선뜻 엄마를 붙잡지도 못했다. 그때 분식집 앞에 서 있는 낡은 간판이 눈에 들어왔다. 새별이 무릎 정도 오는 나무판에 가게 이름이 적혀 있었다.

오래돼서 글씨가 희미했지만, 올래 분식이 틀림없었다. 인터넷으로 검색할 때는 나오지 않는데 아직 이 분식집이 남아 있었다니. 꿈에서만 보던 가게지만, 엄마와 친구의 추억이 서려 있는 곳이다. 새별이는 반가운 마음에 울컥 눈물이 날 뻔했다. 이제는 저만치 멀어져 작게 보이는 엄마의 뒷모습을 바라봤다.

"내 생각이 맞았어. 지금 친구 어머니를 만나러 가는 거야."

엄마의 뒷모습이 그 어느 때보다 힘겨워 보였다. 금방이라도 쓰러질 것만 같다. 엄마를 저대로 혼자 두고 싶지 않았다. 엄마 모습이 사라지기 전에 얼른 뛰어 뒤를 쫓았다.

엄마는 다행히 새별이가 뒤따라오는 걸 눈치채지 못한

것 같았다. 분식집에서도 오 분 정도 더 걸어갔을 때, 엄마가 갑자기 걸음을 멈추었다. 붉은 벽돌로 지은 2층짜리 오래된 단독 주택 앞이었다.

'파란 대문이다.'

꿈에서 봤던 바로 그 집이었다.

엄마가 그 집 앞에서 작게 숨을 골랐다. 새별이는 옆집 대문 기둥에 숨어 조용히 엄마 모습을 지켜봤다. 엄마는 몇 번 심호흡을 한 뒤 천천히 손을 들어 초인종을 눌렀다. 조금 떨어진 거리에서도 엄마 손가락이 떨리는 게 보였다.

잠시 뒤, 머리가 하얗게 센 할머니가 나왔다. 새별이 할머니보다 10년은 더 나이가 들어 보였다.

"누구요?"

할머니가 엄마를 올려다봤다. 그러다 '헉' 하고 숨을 멈추었다.

"너, 너…… 미선이 아니니?"

할머니가 금세 엄마를 알아봤다. 그 순간 새별이 가슴이 바짝 졸아들었다. 꿈에서 엄마를 향해 원망을 쏟아 내던 모습이 떠올랐다. 엄마가 또다시 그런 일을 당하는 건 아닐까. 그래서 또 상처받는 건 아닐까. 눈앞에서 그 모습

꿈을 걷는 소녀

을 다시 보고 싶지 않았다. 새별이는 얼른 엄마에게 달려가 옆에 섰다. 갑작스레 나타난 새별이를 보고 엄마가 놀라 물었다.

"네가 왜 여기……?"

그때 앞에 있던 할머니가 새별이 손을 덥석 잡았다.

"미선이 딸이구나. 벌써 이렇게 큰 딸이……. 눈 코 입이 엄마를 쏙 빼닮았네."

할머니 눈에 살짝 눈물이 맺혔다. 엄마가 그제야 정신을 차린 듯 할머니를 보고 고개를 숙였다.

"안녕하셨어요. 그동안 찾아뵙지 못해 죄송해요."

할머니가 엄마 쪽으로 고개를 돌렸다.

"아니다. 네 마음 다 알아."

할머니 눈빛 속에는 꿈에서 봤던 원망스러움이 더는 섞여 있지 않았다. 그제야 새별이도 마음이 놓였다.

"여기서 이러지 말고 들어가자."

할머니가 새별이와 엄마를 안으로 이끌었다. 엄마는 새별이에게 뭔가 더 묻고 싶은 눈치였지만, 일단은 아무 말하지 않고 할머니를 따라 들어갔다. 파란 대문을 열고 들어가자 할머니네처럼 작은 앞마당이 나왔다. 담벼락 앞에 있는 커다란 감나무에는 먹음직스러운 감이 탐스럽게 열려 있었다. 한쪽에 낡은 개집도 보였다. 하지만 집주인은 어디로 갔는지 끊어진 목줄만 횅뎅그렁하게 남아 있었다.

마당에서 집으로 이어진 계단을 몇 개 올라 현관문 앞에 이르렀다. 현관문을 열고 들어선 엄마가 숨을 '헉' 삼켰다. 엄마는 그 자리에 얼어붙은 듯 꼼짝도 하지 않았다.

"30년 전 그대로지?"

할머니가 엄마 마음을 읽고는 물었다.

"네, 어쩜 그때와 하나도 변하지 않았어요……."

엄마 목소리가 떨려 나왔다. 금방이라도 엄마 눈에서 눈물이 떨어질 것만 같았다.

"이러고 있으면 우리 희연이가 언제라도 이 문을 열고 들어올 것만 같아서……. 그래서 하나도 손대지 못했다. 그렇게 30년이 흐른 줄도 몰랐지."

담담히 말하는 할머니의 목소리가 새별이 마음을 더 울렸다.

"아유, 내 정신 좀 봐. 손님을 문 앞에 세워 두고. 얼른 들어와라."

엄마가 소파에 앉아 새삼스레 집 안을 살폈다. 그 눈 속

꿈을 걷는 소녀

에 친구에 대한 그리움과 죄책감, 미안함 등 여러 감정이 담겨 있는 것만 같았다. 할머니는 얼른 부엌으로 가더니 오렌지주스 두 잔을 내왔다.

"잊지 않고 찾아와 줘서 고맙다."

"아니에요. 더 일찍 찾아뵀어야 했는데……. 너무 늦게 와서 죄송해요."

할머니가 엄마 손을 잡으며 손등을 쓰다듬었다.

"너한테 그렇게 모질게 하고서 네가 늘 눈에 밟혔어. 어린 너한테 상처만 주고……. 내가 미안하다."

"아니에요. 저한테 왜……. 그런 말씀 마세요."

할머니가 입가에 살짝 미소를 띠며 엄마와 새별이를 차례로 돌아봤다.

"우리 희연이도 이렇게 나이 먹었겠지. 이런 예쁜 딸도 낳고."

엄마는 죄송한 마음이 드는지 고개를 들지 못했다.

"그러고 있지 말고 얼굴 좀 보여 줘. 네가 많이 보고 싶었는데, 내가 그렇게 모질게 하고서 찾아갈 용기가 있어야지. 다시 보다니 꿈만 같다. 너 못 보고 저세상으로 떠나면 어쩌나 걱정했거든. 미선이 네가 이렇게 온 거 보고 우리 희연이도 기뻐할 거다."

할머니가 텔레비전 옆에 놓인 액자 속에서 환하게 웃고 있는 딸의 얼굴을 바라봤다. 친구 이름이 나오자 엄마 눈에서 결국 눈물이 흘렀다. 새별이도 코끝이 시큰거렸다. 눈물이 나올 것 같았지만 꾹 참았다. 여기서 자신마저 울면 안 될 것 같았다.

"오랜만에 희연이 방 구경해 볼래?"

할머니가 분위기를 바꾸려는지 자리에서 일어섰다. 엄마도 눈물을 닦고 할머니를 따랐다. 할머니가 부엌 옆에 있는 방문을 열고 안으로 들어섰다. 오래된 침대와 책상만 놓여 있는 단출한 방이었다. 책상 앞에는 옛날 가수의 사진이 덕지덕지 붙어 있었다. 책꽂이에 책도 그대로 꽂혀 있고, 책상 위에도 공책과 필통이 놓여 있다. 먼지 한 톨 없이 깨끗하게 치워져 있어 이 방의 주인이 금방이라도 들어올 것만 같았다.

방에 들어선 엄마는 그 자리에 무너지듯이 주저앉고 말았다.

할머니가 다가와 엄마 어깨를 가만히 감싸안았다. 엄마 눈에서 하염없이 눈물이 흘러내렸다.

잠시 뒤 엄마가 한 글자, 한 글자 힘겹게 입을 열었다.

"너무, 너무 다 그대로예요. 여기 희연이가 있어야 하는데……. 희연이만 없어요……. 어떡해요, 아줌마……."

"그래, 그래. 네 마음 다 안다."

할머니가 아기를 어르듯 엄마 등을 토닥였다.

"아줌마, 희연이가…… 너무 보고 싶어요……."

"나도 그렇다. 날마다 희연이가 보고 싶어……. 30년 동안 단 하루도 빠짐없이 내 딸이 보고 싶었다."

할머니도 눈물을 주르륵 흘렸다. 새별이 눈에서도 결국 참았던 눈물이 터져 나왔다.

엄마랑 할머니는 한참을 그렇게 끌어안고 흐느껴 울었다. 주인을 잃은 방만이 가만히 울음소리를 받아 안고 있었다.

마지막 선물

"팽!"

새별이의 코 푸는 소리가 조용한 거실을 울렸다. 조금 전 한바탕 운 새별이 코에서 콧물이 줄줄 흘렀다. 그 소리를 듣고 엄마랑 할머니는 누가 먼저랄 것도 없이 웃음을 터트렸다. 잔뜩 내려앉았던 분위기가 한결 가벼워진 것 같았다.

"역시 집안에는 아이가 있어야 해. 이렇게 예쁜 딸을 낳아 얼마나 좋을꼬?"

할머니가 흐뭇한 눈으로 새별이를 바라봤다.

"좋기는요. 요즘 중이병에 걸려서 저랑 말도 잘 안 하려고 하는걸요."

엄마 말에 새별이가 참지 못하고 발끈했다.

"내가 무슨 중이병이야? 엄마가 일에만 파묻혀서 나는 본체만체하면서."

새별이와 엄마가 티격태격하는 모습마저 보기 좋은지 할머니가 웃음 띤 얼굴로 둘을 바라봤다.

"그래, 이름이 뭐라고?"

"아, 새별이에요. 이새별."

새별이가 씩씩하게 답했다.

"이름이 참 예쁘구나. 아이는 딸 하나?"

할머니가 엄마를 돌아보며 물었다.

"동생이 한 명 더 있어요. 새별이랑 세 살 터울인 딸이요."

"그래, 그렇구나. 동생도 언니 닮아 씩씩할 테지?"

"우리 은별이는 저보다 훨씬 더 씩씩하고 예쁘고 착해요."

"자매끼리 사이가 좋은가 보네. 나도 희연이 동생이라도 있었더라면 좋았을 텐데. 이제 영감도 떠나고 혼자 있으려니 영 적적해."

"아, 아저씨는 언제······?"

"2년 전에 폐암으로 떠났어. 그 양반도 널 참 보고 싶어 했는데. 이제 뭐 하늘나라에서 희연이랑 둘이 알콩달콩 잘 지내고 있겠지. 그 생각만 하면 샘이 나 죽겠지 뭐니."

할머니가 그 말을 하며 눈을 찡긋했다.

"더 일찍 왔어야 하는데……. 언제 아저씨께 인사드리러 같이 가요."

"그래, 그러자꾸나. 그 양반이 아주 좋아하겠다. 너를 희연이만큼 예뻐했잖니. 네가 통닭 좋아한다고 월급날만 되면 너를 불러다 같이 통닭을 먹었잖아."

"맞아요, 제가 그래서 아저씨 월급날을 얼마나 기다렸는데요."

엄마가 이 집에 들어온 뒤 처음으로 웃어 보였다.

"참, 희연이랑 제가 아줌마 립스틱 몰래 바르다가 부러뜨린 것도 기억나세요?"

"나다마다. 나도 아까워서 못 쓰던 걸 홀랑 망가뜨려 놔서 얼마나 화가 나던지. 나한테 혼날까 봐 제가 안 그랬다고 발뺌하는데, 내가 그럼 마당에 있는 백구가 화장을 했냐고 그랬다."

"하하, 맞아요. 그 얘기 듣고 백구가 립스틱 바르는 모습을 상상하면서 둘이 얼마나 웃었는지 몰라요. 희연이랑 있으면 그렇게 아무것도 아닌 일에 자꾸만 웃음이 나서……."

그 뒤로도 엄마와 할머니는 옛날이야기를 두런두런 나눴다. 새별이는 모두 처음 듣는 이야기지만, 지금껏 알지 못했던 엄마의 이야기를 듣는 게 좋았다. 한참 동안 이야기를 나누던 엄마가 무언가 생각난 듯 말을 꺼냈다.

"참, 아줌마. 혹시 희연이가 남긴 생신 선물은 찾으셨어요?"

"응? 선물? 그게 무슨 소리냐? 그런 게 있었어?"

할머니가 고개를 갸우뚱했다.

"내일이 아줌마 생신이잖아요. 희연이가 그때 아줌마 선물을 샀다고 했거든요. 깜짝 놀라게 할 거라면서 자기 아지트에 숨겨 놨다고 했어요."

"그래? 나는 몰랐다. 그런 일이 있었니? 그럼 그 선물이 어디로 갔을까. 난 보지 못했는데."

엄마 눈이 반짝 빛났다.

"그럼 아직 남아 있겠죠."

"어디에? 30년 동안 날마다 쓸고 닦고 했어도 보지 못

한걸."

할머니가 주위를 둘레둘레 보며 말했다. 엄마가 확신에 찬 목소리로 외쳤다.

"희연이 아지트요!"

"아지트? 희연이한테 그런 데가 있었니?"

엄마가 벌떡 일어서며 말했다.

"제가 알아요."

엄마가 황급히 마당으로 나갔다. 할머니와 새별이도 얼른 엄마 뒤를 쫓았다. 엄마는 뜻밖에도 마당에 있는 작은 개집 앞으로 다가갔다. 아까 할머니가 말하던 백구가 살던 집인 모양이다. 엄마가 개집 구멍에 머리를 들이밀었다.

"거기는 왜? 백구도 희연이 그렇게 되고 며칠 안 지나서 집을 나갔어. 그 뒤로 내내 비어 있었다."

"잠시만요."

엄마가 낑낑거리며 개집 안에 있던 낡은 방석을 들춰냈다. 그러고는 바닥에 있는 나무판자를 들어 올렸다. 판자는 의외로 쉽게 떨어졌다. 엄마가 판자 밑으로 손을 넣어 흙을 살살 파냈다. 새별이는 가까이 다가가 고개를 쭉 빼고 개집 안을 살폈다. 개집 안이 조금만 넓었어도 엄마를

꿈을 걷는 소녀

도왔겠지만, 개집은 엄마 혼자 머리를 들이밀고 있는 것만으로도 꽉 찼다.

"어!"

엄마가 잠시 멈칫하더니 손을 더 빠르게 움직였다. 얼마 뒤, 투명한 비닐봉지에 싸인 물건을 들고 일어섰다.

"찾았어요!"

할머니가 얼른 다가가 엄마 손에 든 물건을 살폈다. 투명한 비닐봉지 안에 무언가가 꽃무늬 포장지로 싸여 있었다. 그 옆에는 분홍색 편지봉투도 함께 있었다.

"세상에, 이걸 여기 두고 몰랐다니……."

할머니가 떨리는 손으로 포장지를 뜯었다. 행여 포장지가 조금이라도 찢어질세라 조심조심했다. 그러느라 손바닥만 한 선물을 뜯는 데 시간이 꽤 걸렸다. 새별이와 엄마는 그 모습을 숨죽인 채 지켜봤다. 포장지를 뜯자 작은 상자가 나왔다. 상자를 열어 보니 하트 모양 목걸이가 들어 있었다. 할머니는 세상에서 가장 귀한 보물을 보듯 목걸이를 바라봤다.

"정말이지 너무 예쁘구나."

한동안 목걸이를 바라보던 할머니는 긴장한 듯 숨을 깊

게 내쉰 뒤 함께 들어 있던 편지를 열었다. 그러고는 딸이 남긴 마지막 편지를 한 줄, 한 줄 천천히 읽었다.

할머니가 편지를 다 읽고는 손바닥으로 입을 틀어막았다. 그 사이로 끅끅거리는 울음이 새어 나왔다. 할머니 눈에서 하염없이 눈물이 흘러내렸다.

"우리 딸 희연아……. 이렇게 엄마를 생각하는 녀석이…… 왜 그렇게 일찍 갔어……. 너 없이 이 엄마는 어떻게 살라고……. 흐흐흑."

엄마가 할머니 어깨를 감싸안으며 함께 울었다. 새별이 가슴도 먹먹해져 왔다. 눈에서는 하염없이 눈물이 흘러내렸다.

풀린 오해

탁탁탁.

부엌에서 할머니가 도마질하는 소리가 들렸다. 보글보글 된장찌개 끓는 소리와 구수한 냄새가 온 집 안을 가득 채웠다.

"이렇게 요리해 본 게 얼마 만인지 모르겠다."

할머니가 콧노래를 흥얼거리며 바쁘게 손을 움직였다. 엄마가 몇 번 도와준다고 나섰지만, 그때마다 할머니는 똑같은 말을 하며 한사코 거절했다.

"귀한 손님들이 왔는데 내 손으로 정성껏 대접해야지."

엄마는 그만 포기하고 새별이와 함께 거실에서 밥상이 차려지길 기다렸다. 둘의 눈길이 모두 텔레비전 옆에 놓인 선반에 가닿았다. 거기에는 희연이가 남긴 마지막 편지가 놓여 있었다. 할머니는 편지를 액자에 넣어 세워 두었다. 목걸이는 벌써 할머니 목에 걸려 있었다. 30년 만에 딸이 남긴 마지막 편지와 선물을 받은 할머니는 몇 번이나 엄마에게 고맙다고 했다.

새별이는 액자 속에 있는 편지를 천천히 눈으로 읽어 보았다.

엄마에게

엄마, 놀랐지? 어때, 내 깜짝 선물이?

백구 방귀 냄새가 좀 묻어 있을 것 같긴 하지만,

엄마를 깜짝 놀래 주려면 어쩔 수 없었어.

18년 동안 말 많고 탈 많은 저를 사랑으로 키워 주셔서 감사합니다.

엄마의 하늘 같은 은혜, 제가 평생 잊지 않고 두고두고 갚을게요.

그러니까 건강하게, 오래오래 사셔야 해요. 꼭! 꼭! 약속!

제 마음을 담아 선물을 드립니다.

사랑하는 딸이 늘 옆에 있다고 생각하고

하루도 빼먹지 말고 목걸이 꼭 걸고 다녀야 해. 알았지?

그럼 안녕!

　　　　　　　　　　　하나뿐인 엄마 딸 희연 올림

　코끝이 매워 코를 쓱 훔치는데 엄마가 무언가 생각났다는 듯 물었다.

　"근데 너, 분식집에서 기다리라니까 왜 따라왔어?"

　"내가 옆에 있어 준다고 했잖아."

　엄마가 잠시 감동받은 표정을 짓더니 다시 물었다.

　"근데 왜 아무것도 안 물어?"

　"그냥."

　"무슨 일인지 안 궁금해? 저 할머니가 누군지도?"

　"굳이 말하지 않아도 엄마랑 딸은 통하는 게 있는 법이야."

　엄마는 대체 무슨 소리를 하는지 모르겠다는 듯 고개를 갸웃했다. 그러다 이내 반달눈을 만들며 웃었다.

　"아무튼 고맙다, 새별아."

엄마의 한마디에 새별이 마음이 따뜻하게 데워지는 것만 같았다. 하지만 엄마와 이런 분위기가 오랜만이라 왠지 쑥스러웠다. 새별이는 '큼큼' 헛기침을 하고는 자리에서 벌떡 일어나 할머니에게 다가갔다.

"오늘의 메뉴가 뭐예요? 맛있는 냄새 맡으니까 너무 배고파요, 할머니."

"후훗, 조금만 기다리렴. 금방 맛있게 차려 줄 테니."

할머니 음식 솜씨는 최고였다. 이제껏 새별이가 먹어 본 된장찌개 가운데 가장 맛있었다. 새별이는 밥을 두 공기나 먹어 치웠다. 할머니는 그런 새별이를 밥 먹는 것도 잊은 채 넋 놓고 바라봤다. 할머니 입가에는 내내 미소가 걸려 있었다.

"한 공기 더 주랴?"

새별이가 두 공기째 밥을 싹싹 긁어 먹자 할머니가 얼른 자리에서 일어나며 물었다. 새별이가 손을 휘휘 내저었다.

"아우, 이제 더는 못 먹어요. 제가 서연휘도 아니고."

"서연휘? 혹시 남자 친구냐?"

할머니 물음에 엄마도 궁금한 표정으로 새별이를 바라봤다. 새별이는 갑자기 튀어나온 연휘 이름에 자신도 당황했다. 학교에서도 모자라 여기서까지 쓸데없는 오해를 받고 싶지 않아 강하게 부인했다.

"아니에요. 남자 친구는 무슨! 걔는 여자한테 관심 1도 없어요. 오로지 미스터리밖에 모르는 미덕이에요, 미덕."

"설마 너, 차인 거야?"

엄마가 다소 화난 듯한 목소리로 물었다.

"차이긴 누가 차여? 우리, 그런 사이 아니라니까."

"우리? 언제부터 우리가 됐는데?"

엄마가 눈을 가늘게 뜨며 새별이의 말꼬리를 잡고 늘어졌다.

"아휴, 그게 아니라……."

말을 할수록 오해만 쌓인다. 새별이는 더 설명하려다 그만 입을 다물었다. 곤란해하는 새별이를 보며 할머니와 엄마가 소리 내 웃었다.

저녁을 다 먹자 할머니는 다시 바쁘게 움직이기 시작했다. 딸의 제사상을 차릴 시간이었다. 이번에는 엄마도 옆에서 할머니를 도왔다. 자그마한 상 위에 희연이 사진과 음식 몇 가지가 차려졌다. 모두 희연이가 좋아하던 음식들이라고 했다. 그중 새빨간 떡볶이는 새별이도 왜 상에 올라 있는지 알 것 같았다.

사진 속 희연이는 새별이보다 불과 두세 살 많아 보이는 언니다. 새별이 친구라고 해도 믿을 것 같았다. 그런 언니가 엄마 친구라니 여전히 믿기지 않았다. 1994년 그날, 희연이의 시간은 멈춰 버렸다. 어쩌면 옆에 있는 할머니의 시간도.

할머니가 사진 속에서 환하게 웃는 딸을 보며 말했다.

"오늘은 희연이가 정말 좋아하겠다. 보고 싶은 친구도 오고, 예쁜 새별이도 있고."

"희연이가 저를 원망하지 않을까요?"

"떽! 우리 희연이가 널 얼마나 좋아했는데. 그런 소리 자꾸 하면 하늘나라에서도 서운해할 거다. 희연이 그렇게 된 거, 절대 너 때문 아니다."

할머니가 엄마 손을 꼭 잡으며 말을 이었다.

"그때는 나도 희연이를 잃은 충격이 너무 커서 누구에게라도 원망을 쏟아 내지 않으면 못 견딜 것 같았어. 진짜 책임지고 사과해야 할 이들은 따로 있는데 어리석게도 어린 너한테 원망을 쏟아 냈지. 가뜩이나 친구를 잃어 힘든 아이에게 내가 못 할 짓을 했다. 미안하다. 정말 미안해."

할머니가 삐쩍 마른 엄마 뺨을 가만히 쓸어내렸다.

"어린게 얼마나 힘들었을꼬. 그 긴 시간을 어떻게 버텼을꼬. 혹시라도 너 때문에 희연이가 그렇게 됐다고 탓하지 마라. 우리 희연이도 그건 원치 않을 거야. 부디 우리 희연이 몫까지 두 배, 세 배로 더 잘 살아 다오. 널 혹시라도 다시 만나면 이 말을 꼭 해 주고 싶었다."

엄마 어깨가 들썩였다. 흐느끼는 소리가 새어 나오지 않게 입을 틀어막았지만, 꺽꺽 우는 소리를 막을 수는 없었다. 새별이는 엄마 옆으로 다가가 가만히 손을 잡아 주었다. 엄마 옆에 있어 주는 것. 그것만이 지금 새별이가 할 수 있는 일이니까.

너무 울어 혹시라도 엄마가 지쳐 쓰러지는 것 아닐까 걱정했다. 그런데 친구 집에서 나온 엄마는 아까보다 한결 편안해 보였다. 올래 분식 앞을 지날 때는 이런 말도 했다.

"다음에 여기 와서 같이 떡볶이 먹자."

새별이와 은별이가 그렇게 떡볶이를 먹으러 가자고 졸라도 단 한 번도 가지 않던 엄마였다. 새별이는 엄마가 매운 음식을 싫어해서 그런 줄 알았다. 그런데 꿈속에서는 친구랑 맛있게 떡볶이를 먹었다. 이제야 엄마가 그동안 왜 떡볶이를 먹지 않았는지 알 것 같았다. 이제 떡볶이를 먹어도, 올래 분식에 와도 엄마 마음이 더는 아프지 않을까. 그 궁금증에 대답이라도 하듯 엄마가 입을 열었다.

"엄마가 사랑하는 친구를 너무 오래 잊고 지냈어. 소중한 추억이 정말 많은데. 이제 바보처럼 그러지 않으려고. 다 네 덕분이야. 고맙다, 우리 딸."

엄마가 새별이 손을 잡았다. 엄마의 온기가 새별이에게 그대로 전해졌다. 새별이도 엄마 손을 꽉 마주 잡았다. 새별이의 온기도 엄마에게 전해지길 기도하면서.

두 사람은 지하철역을 향해 천천히 걸었다. 새별이는 잠시 망설이다 은별이 사고 뒤로 내내 궁금했던 걸 물었다. 이번에는 새별이에게도 조금 용기가 필요했다.

"엄마는…… 나, 원망한 적 없어?"

"널? 내가 왜?"

엄마가 영문을 모르겠다는 듯 고개를 갸웃했다.

"은별이 사고……."

새별이가 채 말을 잇기도 전에 엄마가 걸음을 뚝 멈추었다. 그러고는 화난 사람처럼 표정이 무섭게 일그러졌다.

"너, 너…… 설마 여태 그런 생각 하고 있었던 거야?"

엄마 목소리가 떨렸다. 엄마가 새별이 어깨를 두 손으로 꽉 잡았다. 얼마나 세게 잡았는지 '악' 소리가 나올 것 같았다. 엄마가 새별이 눈을 똑바로 마주 보며 힘주어 말을 뱉었다.

"새별아, 그 사고는 절대 네 탓이 아니야. 안전 조치를 제대로 하지 않은 어른들 잘못이야. 알아들었어?"

"그런데……, 나한테 왜 그랬어……?"

새별이 목소리가 절로 떨려 나왔다. 새별이 어깨를 꽉 잡고 있던 엄마의 두 손이 힘없이 툭 떨어졌다. 엄마는 뭐라고 말을 하려고 입술을 달싹였지만, 말이 쉽게 밖으로 나오지 않는 것 같았다. 엄마가 숨을 깊게 내쉬었다. 그러고는 한참 만에 입을 열었다.

"너까지…… 잘못될까 봐 두려웠어……."

"그게 무슨 소리야?"

"희연이 그리고 은별이까지……. 다 엄마 때문이라고 생각했어. 그날도 일에 신경 쓰다……, 엄마가 은별이를 제대로 살피지 못했잖아."

엄마가 잠시 숨을 고르고는 다시 말을 이었다.

꿈을 걷는 소녀

"내가 사랑하는 사람은…… 언제나 불행한 일을 겪는 것 같았어. 그래서 너한테도 계속 사랑을 쏟으면 네가 부서져 어디론가 날아가 버릴까 봐……. 그래서……."

"말도 안 돼! 그건 엄마 탓이 아니야. 엄마 말대로 진짜 잘못한 사람은 따로 있는데 왜 엄마가 그런 생각을 해. 마음 아프게……."

"맞아, 희연이 아줌마 덕분에 엄마도 이제야 알았어. 네가 이렇게 상처받고 있는지도 모르고……. 그동안 우리 딸이 무슨 생각 하는지도 모르고……. 미안하다, 새별아."

엄마가 새별이를 꼭 안아 주었다. 새별이 눈에서 눈물이 주르륵 흘러내렸다.

"나도 못되게 굴어서 미안해. 엄마가 날 원망한다고 생각했어. 미안해……."

"괜찮아, 이제 다 괜찮아."

엄마가 새별이 등을 가만가만 토닥여 주었다. 그 따뜻한 손길에 새별이 마음도 평온하게 가라앉았다. 희끄무레한, 어둠을 밝히는 달빛이 두 사람을 가만히 비추었다.

진짜 만나고 싶은 사람

"학교 끝나고 네가 먼저 만나자고 하다니, 이거야말로 미스터리다."

호수 앞에 선 연휘가 새별이를 보고 아까부터 빙글빙글 웃었다. 새별이는 괜히 쑥스러워 핀잔을 줬다.

"그 미스터리란 말 좀 안 하면 안 돼?"

"미스터리 없는 세상을 무슨 재미로 살라고."

새별이는 어이가 없어 헛웃음이 나왔다.

"사실은 고맙다는 인사 하려고 보자고 했어."

"나한테? 내가 뭘 했다고?"

연휘가 의아한 듯 물었다.

"어제 엄마랑 옛날 엄마 친구네 집에 다녀왔어."

꿈을 걷는 소녀

새별이는 어제 있었던 일을 연휘에게 들려주었다. 엄마 친구의 마지막 선물과 편지를 찾았다는 말에 연휘 눈에도 살짝 눈물이 맺혔다. 새별이는 자신의 이야기에 귀 기울여 주고 공감해 주는 연휘가 고마웠다.

"다행이다. 미스터리로 시작해 해피 엔딩으로 끝났구나."

새별이 이야기를 다 들은 연휘가 빙긋 웃으며 말했다.

"맞네, 해피 엔딩."

새별이도 함께 웃었다. 엄마와 그동안 쌓였던 오해까지 풀었으니 그야말로 해피 엔딩이었다.

"와, 정말 부럽다. 꿈 소녀."

"왜 자꾸 부럽다고 하는 건데? 너도 누구 꿈에 들어가 보고 싶은 거야? 꿈 소년이 되면 대체 누구 꿈에 들어가 보려고?"

"우리 형. 우리 형 꿈에 들어가 보고 싶어."

"형? 너한테 형이 있었어?"

한 번도 형 이야기를 한 적 없어 연휘에게 형이 있는 줄 몰랐다.

"있지, 나랑 달리 무지하게 잘난 형."

"형은 너처럼 미덕은 아닌가 보지?"

장난스럽게 내뱉은 말에도 연휘는 웃지 않았다. 연휘 얼굴이 새삼 진지해 보였다.

"우리 형 엄청 공부 잘해. 고등학교 들어가서도 전교 1등을 안 놓치더라. 엄마 아빠도 형에 대한 기대가 쿠푸왕 피라미드보다 더 높아지고 있어. 그런 모범생 형이 대체 꿈속에서는 어떤 모습일까 궁금해."

연휘 말에 새별이가 조심스레 물었다.

"혹시…… 집에서 차별당해?"

"차별이라……. 훗, 어릴 때는 형하고 많이 비교당하긴 했는데 지금은 별로. 우리 엄마 아빠는 나한테 아예 관심 없거든."

"설마, 자식한테 관심 없는 부모가 어디 있겠어? 네가 오해하는 걸지도 몰라."

새별이는 엄마를 오해했던 자신이 떠올랐다. 하지만 연휘는 그저 어깨를 으쓱하고 말았다.

"뭐, 상관없어. 난 나니까. 누가 뭐라든 그냥 내가 좋아하는 것 하면서 내 인생을 살 거야."

내내 진지하던 연휘가 갑자기 '킥' 웃으며 덧붙였다.

"너도 알잖아, 나한텐 미스터리가 있다는 거."

"그래, 미덕이 오죽하겠니?"

새별이도 장난스레 맞받았다.

형과 비교당하지만 '나'를 잃지 않는 연휘가 새삼 멋져 보였다. 전에도 느꼈지만, 연휘는 자기 중심을 참 잘 잡고 있는 아이 같다. 형을 쫓아가려고, 형과 비슷해지려고, 엄마 아빠에게 사랑받으려고 애쓸 수도 있는데. 그냥 자기 모습 그대로 사는 것. 아이들이 아무리 또라이라고 수군대도 흔들리지 않던 연휘는 생각보다 내면이 단단한 아이였다. 그 모습이 부럽기도 하고, 멋져 보였다.

"너, 참 용기 있다."

새별이 말에 연휘가 해사하게 웃었다. 햇빛을 받은 연휘 얼굴이 오늘따라 더욱 반짝였다.

연휘와 헤어지고 집으로 가는 발걸음이 그 어느 때보다 가벼웠다. 오랜만에 넷플릭스 드라마나 실컷 봐야겠다고 생각하고 터벅터벅 걸었다. 그러다 문득 어떤 생각이 머릿속을 스쳐 지나갔다.

"맞다! 내가 왜 여태 그 생각을 못 했지?"

집을 향해 힘차게 달렸다. 숨이 턱에 찰 만큼 빠르게 달렸다. '쿵쿵쿵쿵' 심장이 거칠게 뛰었다. 그 이유가 빠르게 달려서인지, 지금 떠오른 생각 때문인지 알 수 없었다. 심장이 터질 것 같았다.

새별이는 집에 오자마자 잠옷으로 갈아입고 침대에 누웠다.

"벌써 자게? 아직 8시도 안 됐는데."

엄마가 의아한 듯 묻는 말에도 새별이는 피곤하다고 둘러대며 눈을 꼭 감았다.

집으로 오는 길에 형 꿈에 들어가고 싶다고 한 연휘 말이 불쑥 떠올랐다. 그러자 자신은 왜 여태 은별이 꿈속에 들어갈 생각을 하지 못했는지 후회가 밀려왔다.

'다시 한번 은별이와 이야기를 나눌 수만 있다면…….'

새별이는 수학여행 가기 전날처럼 가슴이 설렜다. 하지만 너무 긴장한 탓인지 잠이 쉽게 들지 않았다. 결국 새벽까지 잠을 이루지 못하다가 어떻게 잠들었는지도 모르게 아침이 와 버렸다.

"아아악, 안 돼!"

새별이는 머리를 마구 뒤헝클며 소리쳤다. 은별이 꿈에

들어가 보기는커녕 그 흔한 개꿈조차 꾸지 못했다.

"이런 식이면 안 되는데. 혹시 이제 그 초능력이 사라진 걸까."

새별이는 덜컥 겁이 났다. 아직 꿈 소녀의 능력으로 하고 싶은 일이 남았다. 하지만 대체 어떻게 자신의 능력을 되살릴 수 있는지 모르겠다. 자기 마음대로 하지도 못하는 초능력 따위가 무슨 소용이 있는지 원망스럽기도 했다.

불안함 속에 하루하루 시간이 흘렀다. 그러다 결국 은별이 꿈에 들어가는 일을 그만 포기해야겠다고 느낀 어느 날 밤. 새별이 눈앞에 드디어 수많은 문이 모습을 드러냈다.

✳

'그 문이야.'

엄마와 아라, 연휘 꿈속에 들어갔을 때 봤던 문들이 눈앞에 펼쳐져 있다는 걸 바로 알아차렸다.

'이 중에 대체 어느 문이 은별이 꿈으로 통하는 걸까.'

나를 빙 둘러싸고 끝없이 놓여 있는 문 앞에 서서 한참을 고민했다.

'에라, 모르겠다. 하나씩 열고 들어가 보지, 뭐.'

앞에 있는 문부터 하나씩 열어 보았다. 하지만 어떻게 된 일인지 문이 열리지 않았다. 아무리 힘을 줘도 마찬가지였다.

'이상하다. 그동안엔 그냥 쓱 열렸는데……. 역시 능력을 잃은 걸까.'

그때 뒷줄에 있던 문 가운데 하나에서 희미하게 빛이 새어 나왔다. 천천히 그 문 앞으로 다가갔다. 그러고는 조심스레 손잡이를 돌려 보았다.

철컥.

손잡이가 돌아가며 천천히 문이 열렸다. 갑자기 강한 빛이 쏟아져 들어와 눈을 뜰 수 없었다. 요란한 소리도 귀를 뚫고 들어왔다. 시끄러운 음악 소리, 사람들이 떠드는 소리가 한데 뒤엉켜 들렸다. 천천히 눈을 떴을 때는 너무 놀라 숨을 훅 들이마시고 말았다.

놀이동산이었다. 은별이가 사고를 당한 바로 그곳.

'누구의 꿈에 들어온 걸까. 설마 은별이 꿈은 아니겠지…….'

은별이도 이곳은 다시 떠올리고 싶지 않은 장소일 거다.

아무리 은별이와 다시 이야기를 나누고 싶더라도 이게 은별이 꿈은 아니길 바랐다. 만약 은별이가 꿈의 주인이라면 이건 끔찍한 악몽이다.

나는 떨리는 마음을 애써 누르며 천천히 걸었다. 어느덧 은별이가 사고를 당했던 놀이기구 앞에 다다랐다.

"언니!"

그때 봄바람처럼 맑게 울리는 목소리가 들렸다. 천천히 고개를 돌렸다. 은별이가 그날, 그때 모습 그대로 나를 보며 웃고 있었다. 왈칵 눈물이 났다.

"은별아!"

얼른 뛰어가 은별이를 꽉 끌어안았다.

"악, 언니 갑자기 왜 이래? 숨 막혀!"

"미안해, 언니가 미안해. 흑흑……."

은별이를 붙잡고 한참을 울었다. 참다못한 은별이가 나를 억지로 떼어 냈다.

"언니, 왜 갑자기 울보가 된 거야? 무슨 일 있어? 혹시 아라 언니랑 싸웠어?"

은별이 얼굴을 손으로 만져 봤다. 보드라운 살의 감촉이 생생하게 느껴졌다.

"너 보니까 좋아서."

"뭐야, 닭살! 용진이 오빠처럼 왜 그래? 그만 좀 울고 우리 저거 타러 가자."

은별이가 사고가 난 놀이기구를 가리켰다.

"안 돼. 저건 절대 안 돼."

은별이 손목을 꽉 붙잡았다.

"앗, 아파."

아파하는 은별이를 보고 손에서 살짝 힘을 뺐다. 하지만 은별이를 완전히 놓지는 않았다. 은별이가 놀이기구 근처를 흘낏 쳐다보더니 내 귓속에 대고 속삭였다.

"저기 초록색 모자 쓴 남자애 보이지?"

놀이기구 앞에 줄을 선 남자아이가 보였다. 은별이 또래로 보이는 아이였다.

"왜, 아는 애야?"

"응, 우리 반 회장."

은별이 볼이 금세 발그레해졌다.

"설마 네가 좋아하는 애?"

은별이가 말없이 고개를 끄덕였다.

"뭐야, 언니한테 비밀 없다더니 언제 좋아하는 애가 생긴 거야?"

"그래서 지금 말하잖아. 헤헷."

은별이가 혀를 쏙 내밀었다.

"그러니까 잠깐 저것 좀 타고 올게. 현우가 씩씩하고 용감한 여자애가 좋다고 했단 말이야."

"뭐?"

"나, 겁쟁이 아니잖아. 그렇지? 현우 앞에서 보여 주고 싶어."

"그럼 너, 저 아이 때문에……."

그제야 그날 은별이가 놀이기구를 탄 이유를 알 것 같았다. 단지 내가 겁쟁이라고 놀려서가 아니었다. 좋아하는 남자애 앞에서 멋진 모습을 보여 주고 싶었던 거다.

"언니, 나 때문에 속상했지?"

갑자기 은별이가 슬픈 표정을 지으며 물었다.

"갑자기 그게 무슨 소리야?"

"다 알아. 언니가 병원 와서 많이 울었잖아. 나랑 둘만 있을 때."

입이 절로 벌어졌다.

"너, 다 듣고 있었던 거야?"

은별이가 고개를 끄덕였다.

"근데 언니 잘못 아니야. 저거 언니 때문에 탄 거 아니고 내가 타고 싶어서 탄 거야. 그런데 내 잘못도 아니야. 나는 그냥 좋아하는 남자애랑 같이 재밌게 놀고 싶었을 뿐이니까. 진짜 잘못한 사람은 안전띠가 고장 난 줄도 모르고 제대로 검사하지 않은 어른들이야."

한마디, 한마디 똑부러지게 말하는 은별이를 보고 또다시 놀랐다. 가만히 누워만 있는 줄 알았는데, 그사이에도 은별이는 자라고 있었나 보다. 은별이 손을 힘주어 꼭 잡았다.

"그렇게 말해 줘서…… 고마워."

그러다 문득 무언가 들어맞지 않는 것처럼 위화감이 들었다. 은별이 눈을 똑바로 마주 보며 말했다.

"근데 너, 아는구나."

"뭘?"

"이게 꿈이라는 거."

은별이가 생긋 웃었다. 그러다 뭐라 말할 새도 주지 않고 조금씩 멀어져 갔다. 은별이 모습이 점점 흐릿해졌다.

'안 돼, 안 돼. 가지 마, 은별아!'

은별이를 부르고 싶은데 목소리가 나오지 않았다. 은별이 꿈으로 통했던 문이 이번에는 나를 마구 당기는 느낌을 받았다.

'안 돼, 싫어!'

꿈에서 깨고 싶지 않았다. 아직 은별이와 얘기도 많이 못 했는데……. 영원히 꿈속에 갇혀도 상관없을 것 같았다. 은별이와 함께 있을 수만 있다면…….

❋

"은별아!"

새별이가 은별이를 소리쳐 부르다가 눈을 번쩍 떴다. 방이다. 해가 뜨려는지 창문으로 희미하게 빛이 들어오고 있었다.

"은별이한테 할 얘기가 많이 남았는데. 빨리 일어나라고 말도 못 했는데……."

눈물이 차올랐다. 엄마가 깨지 않게 숨죽여 울었다. 그렇게 한참을 울었다.

소망이 이뤄질 때

"새별아, 왜 이렇게 기운이 없어?"

아라가 걱정스러운 목소리로 물었다.

"혹시 요즘 내가 너무 용진이랑만 붙어 다녀서 그래?"

그 말에 새별이가 펄쩍 뛰었다.

"아냐, 유치하게 내가 그런 질투를 왜 해? 그런 거 아니니까 신경 쓰지 말고, 마요네즈랑 케첩처럼 계속 찰싹 붙어 다녀."

"그럼 무슨 일인데? 아줌마랑도 요즘 사이 좋아진 것 같던데."

"그냥 어제 잠을 못 자서."

아라가 새별이 얼굴을 요리조리 살폈다.

"그러고 보니 요 며칠 다크서클도 내려오고, 피부도 까칠해졌어. 왜 잠을 못 자? 불면증인가? 뭐, 스트레스 받는 일 있어?"

아라가 계속 걱정하는 게 마음이 쓰였다. 새별이는 최대한 입을 크게 벌려 방긋 웃었다.

"아무 일 없거든요? 학교나 갑시다."

새별이는 아라에게 얼른 팔짱을 끼며 일부러 씩씩하게 걸었다.

꿈에서 은별이를 만나고 오면 그저 행복하기만 할 줄 알았다. 하지만 그 반대였다. 오히려 상실감만 더 커졌다. 현실은 아무것도 달라진 게 없으니까. 게다가 은별이 꿈에는 며칠 전 딱 한 번 들어갔다 나왔을 뿐이다. 이후에는 아무리 노력해 봐도 은별이 꿈에 다시 들어가지 못했다. 잔뜩 긴장한 상태로 잠을 청해서인지 늦게까지 잠을 이루지 못하는 날이 많았다. 그러니 더더욱 꿈을 꿀 리 없었다.

"꿈 소녀, 요즘 부쩍 우울해 보여."

연휘가 수업이 끝나고 혼자 집에 가는 새별이를 쫓아와 물었다.

"잘못 본 것 같은데. 나, 아무렇지 않아."

새별이가 아무리 아니라고 해도 연휘는 의심스러운 눈 초리를 거두지 않았다.

"대체 뭐지? 엄마의 비밀도 풀고, 상처도 잘 치유해 줬는데. 하아, 정말 여자 마음은 모르겠다. 아니, 이새별 네 마음은 도무지 모르겠다. 서연휘 인생 최대의 미스터리야."

괴로워하는 연휘를 보고 새별이는 '풉' 웃음이 나왔다.

"어! 드디어 웃었다."

연휘도 새별이를 따라 그제야 웃어 보였다.

"웃은 김에 떡볶이 한 접시 어때?"

"와, 넌 정말 나보다 더한 떡볶이 덕후다. 미덕에 이어 떡덕이라고 불러야겠어."

"떡덕은 어감이 좀 별로인데. 뭐, 어쨌든 간에 가자."

연휘가 웃으며 앞장서 걸었다. 하하 분식 문을 열고 들어서다 말고 새별이가 걸음을 우뚝 멈추었다. 그러고는 손으로 얼굴을 재빨리 가리고 휙 뒤돌아섰다. 슬금슬금 밖으로 나가려는데 날카로운 목소리 하나가 새별이를 잡아 세웠다.

"멈춰."

새별이가 천천히 고개를 돌렸다. 아라와 마용진이 팔짱을 낀 채 새별이와 연휘를 바라보고 있었다.

"아하하, 너희도 떡볶이 먹으러 왔구나. 학교 앞에도 맛있는 집 많은데 굳이 여기까지……."

새별이가 뒤늦게 둘을 발견한 것처럼 어색하게 웃으며 다가갔다.

"그러니까, 학교 앞에도 네가 좋아하는 떡볶이집이 있는데 새별이 너도 굳이 여기까지 왔네?"

아라가 새별이에게 살짝 눈을 흘겼다.

"멀리까지 걸어와서 다리 아플 텐데, 여기 앉아."

마용진이 벌떡 일어나 앞에 있던 의자를 빼며 말했다. 새별이는 하는 수 없이 그 앞에 가 앉았다.

"연휘야, 너도 와서 앉아. 설마 우리가 데이트 방해한 거야?"

"데이트는 무슨. 그런 거 아냐."

연휘가 자리에 앉으며 손을 휘휘 저었다. 그래도 아라는 의심스러운 눈초리를 거두지 않았다.

"그럼 뭔데? 너희 둘, 대체 무슨 사이야?"

아라답지 않게 단도직입적으로 물었다. 이럴 때 보면 꼭 새별이 같다. 새별이와 단짝으로 지낸 지 어언 2년째. 어느새 서로에게 물들었는지도 모르겠다. 새별이는 아라의 관심을 다른 데로 돌리기 위해 과장된 몸짓으로 포크를 집어 들었다.

"우리, 아무 사이도 아니거든. 떡볶이나 먹자. 배고파."

그 말에 연휘가 뜬금없는 말을 꺼냈다.

"엄밀히 말하면 아무 사이도 아닌 건 아니야. 누구에게도 말하지 못하는 비밀을 나눈 사이거든."

"오오오오."

아라가 물개 박수를 치며 환호성을 질렀다. 마용진도 빙그레 웃으며 말없이 연휘 어깨를 툭툭 두드렸다. 마치 앞으로 새별이를 잘 부탁한다는 무언의 행동 같았다. 마용진이 연휘를 돌아보며 마요네즈를 듬뿍 뒤집어쓴 것 같은 목소리로 물었다.

"그런데 무슨 비밀?"

아라도 궁금한 듯 눈을 반짝였다.

"그러게, 새별이랑 나 사이에 비밀은 없는데."

연휘가 가슴 앞으로 팔짱을 끼며 단호하게 답했다.

"그건 말할 수 없지. 말 그대로 비밀이니까."

점점 더 이상해지는 분위기에 새별이는 머리를 쥐어뜯고만 싶었다. 아라와 마용진은 서로 눈짓을 주고받으며 웃고 있었다.

새별이 혼자 안절부절못하고 있을 때, 스마트폰이 울렸다. 새별이는 마침 잘됐다 싶어 냉큼 전화를 받았다. 엄마가 다급한 목소리로 외쳤다.

"새별아, 얼른 은별이 병원으로 와. 빨리!"

새별이 가슴이 덜컥 내려앉았다. 놀란 새별이를 보고 아라가 장난을 거두고 물었다.

"무슨 전환데 그래?"

"지금 가 봐야겠어."

새별이가 일어서자 연휘가 따라 일어섰다.

"갑자기 어딜 가려고?"

"동생한테……."

새별이는 서둘러 가방을 들고 자리를 박차고 나갔다.

"같이 가."

아라가 서둘러 새별이를 따라왔다. 연휘와 마용진도 뒤따라 나왔다. 새별이는 길가에 서서 택시를 잡아탔다. 친구들을 떨쳐 내고 싶었지만, 혼자가 되는 건 더 무서웠다.

그래서 그냥 다 같이 택시를 타고 움직였다. 뒷좌석에 앉은 새별이 몸이 덜덜 떨렸다.

"별일 없을 거야."

아라가 손을 잡아 주었다. 하지만 떨림이 진정되지 않았다. 눈물이 나올 것 같았지만, 지금 울면 은별이에게 정말로 무슨 일이 일어날 것만 같아 꾹 참았다.

'그게 마지막 인사였던 걸까.'

새별이는 며칠 전 꿈에서 본 은별이 얼굴을 떠올렸다. 그러다 이내 세차게 고개를 흔들었다.

'그럴 리 없어. 은별이가 나랑 엄마를 두고 그렇게 갈 리 없잖아.'

어떻게 병실 앞까지 왔는지 모르겠다. 새별이는 문 앞에 서서 멈칫거렸다. 지금 이 문을 열고 들어가면 어떤 장면을 마주하게 될까. 불길함이 스멀스멀 밀려왔다. 아라가 새별이 어깨를 감싸안으며 말했다.

"들어가자. 엄마 기다리실 거야. 은별이도."

새별이는 심호흡을 크게 한 뒤 안으로 들어섰다. 의사 몇 명과 간호사들이 은별이를 빙 둘러싸고 있었다. 흰 가운들에 가려 은별이가 보이지 않았다.

"으, 은별아……."

새별이는 떨리는 목소리로 은별이를 불렀다. 그 소리를 듣고 엄마가 의사들 틈에서 나왔다. 엄마 얼굴에 눈물이 얼룩져 있었다. 엄마가 새별이 손을 잡아 은별이에게로 이끌었다.

"은별이 손 잡아 봐."

은별이가 침대에 누워 있었다. 전과 다름없는 모습에 그제야 조금 마음이 놓였다.

새별이는 조심스레 은별이 손을 잡았다. 그러다 화들짝 놀라 손을 뗐다. 손이 닿자마자 꿈틀거리는 느낌이 들었다. 새별이가 엄마를 쳐다봤다. 엄마가 가만히 고개를 끄덕였다. 새별이는 떨리는 마음으로 다시 한번 은별이 손을 잡아 보았다. 은별이 새끼손가락이 다시 한번 꿈틀 움직이는 게 느껴졌다. 착각이 아니었다. 틀림없었다.

"느껴져?"

엄마가 웃으며 물었다. 새별이가 세차게 고개를 끄덕였다. 가슴이 벅차올랐다. 새별이 눈에서도 어느새 눈물이 흘러내렸다. 새별이는 은별이 손을 꽉 쥐며 천천히 말을 뱉었다.

"고마워, 내 동생. 다시 돌아와 줘서……."

창밖으로 첫눈이 내리고 있었다. (*)

시간이 지나도 흐려지지 않는 것

시작은 호기심이었다.

나는 꿈을 자주 꾼다. 마치 현실처럼 생생하게 느껴지는 꿈도 있고, '에이, 이거 꿈이네.' 알아차릴 때도 있다. 잠에서 깨면 재미 삼아 인터넷으로 해몽도 찾아본다. 상황별 해몽이 어찌나 다양하게 정리돼 있는지 웬만하면 그 해석을 찾을 수 있다. 대부분 웃어넘기고 말지만, 가끔 예지몽처럼 해몽에서 본 내용이 현실이 되는 경우도 생긴다. 우연일지 몰라도 '미덕' 연휘만큼이나 미스터리를 좋아하는 나로서는 그럴 때면 무척 흥분하며 신기해하곤 한다.

인간은 대체 왜 꿈을 꾸는 걸까, 아기가 태어나기도 전에 어떻게 미리 알고 태몽을 꾸는 거지, 예지몽이란 게 정말 있을까 등등. 꿈은 나에게 늘 무한한 상상을 불러일으키는, 신비롭고 미스터리한 영역이다.

　자연스레 꿈을 소재로 한 이야기를 한 번쯤 써 보고 싶었다. 그러다 '다른 사람 꿈속에 들어갈 수 있는 특별한 능력을 가진 아이가 있다면 어떨까' 하는 데 생각이 미쳤다. 곧 '꿈을 걷는 소녀' 새별이가 떠올랐다. 문제는 새별이가 그처럼 특별한 능력으로 무엇을 하느냐였다. 당시에는 별다른 스토리가 떠오르지 않았고, 이야기는 그대로 노트북 속으로 들어갔다.

　몇 년 뒤.

　출판사 편집부와 이런저런 이야기를 나누다 성수 대교 붕괴 참사 이야기가 나왔다. 어린 시절 나에게 큰 충격을 안겨 주었던, 내 기억에 남아 있는 첫 사회적 참사다. 오래전 일이지만, 여전히 상처를 안고 사는 사람들이 있지 않을까. 그리고 어쩌면 새별이가 그들을 위로해 줄 수 있지 않을까. 문득 이런 생각이 들었다. 자연스레 노트북 속에 잠들어 있던 '꿈을 걷는 소녀'를 꺼내 들었고, 조금씩 이야기를 발전시켜 나갔다.

그러던 와중에 또다시 비극적인 일이 일어났다. 2022년 10월 29일의 일이다.

세월호의 상처가 채 아물지도 않았는데, 10년도 지나지 않아 또다시 대형 참사가 터지다니……. 마음이 아팠다. 참사로 사랑하는 사람을 잃은 이들의 심정이 어떨지 감히 헤아릴 수조차 없었다. 게다가 이번에는 희생자들을 도리어 비난하는 목소리마저 일었다.

그래서일까. 제대로 추모해 주지도 못했다. 슬픔에 더해 죄책감과 미안함을 떨칠 수 없었다. 공교롭게도 한창

꿈을 걷는 소녀

『꿈을 걷는 소녀』의 줄거리를 잡던 중이라 10.29 이태원 참사가 더 무겁게 와닿았다. 책임감은 더해졌고, 작품에서나마 사회적 참사로 희생된 이들과 유가족들을 위로해 주고 싶다는 마음은 더 커졌다.

하지만 작품을 완성하기까지 쉽지 않은 여정이 기다리고 있었다. 다른 작품을 쓸 때와 달리 설레기보다는 조심스러웠고, 쓰는 동안 마음이 아파 많이 울었다. 작품을 끝내 놓은 뒤에도 기쁨보다는 걱정이 앞섰다. 그럼에도 이 작품을 끝까지 놓지 않았던 이유는 지난 사회적 참사를 기억해야만 다시는 같은 일이 반복되지 않을 거라는 믿음 때문이었다.

성수 대교 참사가 일어난 지 올해로 꼭 30년이 되었다.

어린 시절 TV에서 본 성수 대교 붕괴 참사 현장이 여전히 생생하다. 한강 위에 다리가 뚝 끊어진 채 놓여 있던 모습은 보고도 믿어지지 않는 장면이었다. 이듬해 삼풍백화점이 무너지면서 또다시 큰 충격을 받았다. 그 뒤에도 크고 작은 사회적 참사들은 반복됐다. 불과 최근까지도.

우리는 때로 시간이 약이다, 시간이 지나면 다 잊혀진다는 말을 하고는 한다. 그런데 이 작품을 쓰면서 알았다. 천겹의 시간이 지나도 결코 흐릿해지지 않는 기억 그리고 상처가 있다는 것을. 누군가에게는 이러한 일들이 역사 속에 박제된 사건이 아니라 여전히 현재 진행형일지도 모른다는 것을. 그리고 우리가 할 수 있는 일은 결국 함께 기억해주고, 마음을 나누는 일이라는 것을 말이다.

　출간 전 대산창작기금 아동문학 부문에『꿈을 걷는 소녀』가 선정되는 영광을 안았다. 보다 많은 사람에게 작품이 알려지는 계기가 된 것 같아 감사한 마음이 크다.『꿈을 걷는 소녀』가 다른 사람의 마음을 헤아리고, 아픔에 공감할 줄 아는 세상을 만드는 데 아주 작은 도움이라도 된다면 더 바랄 나위 없겠다.

2024년 여름

백혜영

꿈을 걷는 소녀

초판 2쇄 발행 2024년 11월 6일

글	백혜영
표지 그림	장서윤

펴낸이	도승철
펴낸곳	밝은미래
등록	2005년 5월 2일 (제105-14-87935호)
주소	경기도 파주시 회동길 349, 3층
전화	031-955-9550
팩스	031-955-9555
홈페이지	http://www.bmirae.com
인스타그램	@balgeunmirae1
편집	송재우
디자인	권영진
마케팅	김경훈
경영지원	강정희
교정교열	박현종

ISBN   978-89-6546-699-4 43810

*이 책은 2023년 대산문화재단 대산창작기금을 받아 출판되었습니다.